風に乗って

「凜花」異文

――田之倉千代松行状記――

香田円
KODA Madoka

文芸社

目次

風に乗って

「凜花」異文

―田之倉千代松行状記―

少し強い西風が吹いていた。ランドセルの肩紐に親指を入れると、奴凧《やっこだこ》のようになる。

悠《はるか》は風に向かって、「ビュン、ビュン」と言いながら、小走りに家に向かった。いつもは締め切りの玄関が少しだけ開いている。おやっと思いながらも、いつもどおりに勝手口に回る。跳ね飛ばすような勢いで、ズック靴を脱ぎながら、

「ただいまあ」と言った。

勝手から覗く掘り炬燵《ごたつ》のある板の間に、祖父、田之倉千代松《たのくらちよまつ》がチョコランと腰掛けていた。トーンを落として、

「ただいま、おじいちゃん……」その後をどう続けたものかと一息入れて、

「いらっしゃいませ」と、余所《よそ》行《い》きの言葉をつなげた。言われた千代松もまた、どう言葉を返すべきか、戸惑いの表情を浮かべながら、

「お帰り」とだけ言った。

昭和三十年、悠、小学二年生の秋。これが、この日から半年余り続く、祖父千代松

との同居生活の始まりだった。

田之倉千代松は、悠の父、輝男方の祖父になる。名前からして長寿を表しているが、このとき満八十六歳になっていた。近しい者達は、時に愛称的に、またある時は、皮肉混じりに「松じっち」と呼んでいた。悠にとって、これまでの松じっちは、水江の「松屋旅館」の隠居じいちゃんというイメージだった。帳場の向かいにある、階段脇の天井の低い暗い小部屋にいた。雪見障子越しに見える中庭に目をやりながら、入り口の襖に背を向けて、プカリ、プカリとキセルで煙草をふかしている印象しかない。年に一度か二度、父に連れられ、兄達とその襖を開けて、

「おじいちゃん、こんにちは」と挨拶程度に訪れていたに過ぎない。戦争で、片方の耳が聞こえないと聞いていた。松じっちは、気配で振り返って、聞こえる方の耳に片手を当てながら大きな声で聞く。

「おう、おう、よく来たな。おめたちゃ、どこの孫だあ」

「石川町の、輝男んとこの孫だあよ」

「でっかくなったなあ」

毎回同じ問いと、同じ答えが返ってくる。本当に輝男んとこの孫で悠と、分かっているのかなあと、ずっと思っていた。その松じっちが家にいる。悠の頭の中は疑問符がいくつも浮かんでいた。母はと見れば、板の間の脇の四畳半の部屋を、髪振り乱して模様替えの最中だった。

「お帰り、ハルカ。これ、隣の部屋に持っていってちょうだい」

いつもはハルちゃんとか、ハーちゃんと呼ぶ母がハルカと呼ぶ時は、機嫌の悪い時と決まっている。いきなり、なにやらゴタゴタ入っている包みを渡された。隣の部屋っていっても、今だって、六畳目一杯のはず。襖を開けて覗けば、案の定、山と積まれた荷物。とりあえず、渡されたものを置くには置いたが、後始末はどうするんだろうと、独り言を呟いた。

フーッと大きなため息が漏れた後、母久美子の声がする。

「お義父《とう》さん、とりあえず、こちらでお休みになってください。今、お茶入れますから」

「イヤー、久美ちゃんすまねえなあ」

兄弟は、声質が似るのだろうか。千代松の「すまねえなあ」の言葉を聞いた時、久美子に、引き揚げ後に暮らし始めた岡崎村の暮らしが蘇った。戦後昭和二十一年八月に、満州から家族五人で引き揚げてきた。引き揚げて半年もならない十二月、思いもかけない形で、大連から引き揚げてきた、千代松の弟末吉が、孫と老婦人を伴って、輝男の元に舞い込んできたのだ。まだ生活も覚束《おぼつか》ない、それでなくともギリギリの生活だった。輝男一家の貧乏暮らしを知りながらも、いつだって義姉たちは、田之倉のつながりは輝男の元に寄こすのだ。「すまねえなあ」は、その同居生活時の末吉の口癖になっていた。あの時のことを思い出すと、身震いがする。久美子の胸に暗雲が立ち込めていた。

追い追い分かったことだが、この日千代松は、松屋旅館の主、娘三千代の連れ合い江川清吉と派手な言い争いをした挙句、末息子の輝男の家に、取るもの取り敢えずの格好で転がり込んできたのだった。舞い込んだ時の千代松の持ち物と言えば、巾着袋一つ。頭には正ちゃん帽、玄関に杖がおいてあった。それだけだった。

狭い路地に三輪トラックの止まる音がした。父輝男が玄関を開けて声をかけた。

「親父、姉貴から身の回りのもの荷造りしてもらって、持ってきたよ」

勤め先に、姉三千代から
「荷物を取りに来い」

と連絡を受け、松屋旅館に駆けつけた。

「しばらく頭冷やしてもらわなくっちゃ。ここはもう江川なの。田之倉じゃないんだからね。松じっちの思い通りになんかならないんだから」

いつもは、仏頂面を隠して、旅館の女将《おかみ》の柔和さを表に出している三千代の顔が、堪忍袋の緒を切った表情が露わだった。何があったかは知らないが、ここは姉三千代の顔を立ててやらなくてはと、輝男は、何も問わず、素直に千代松の荷物を受け取ってきたのだ。突然転がり込んできた千代松の扱いに久美子がどれだけ戸惑いを見せているだろうと思ってきたが、案の定、久美子の眉間には縦皺がくっきり、輝男を見る目が怒りに燃えていた。

悠には、松じっちがこの日の西風に吹き寄せられて、やって来たような気がしていた。

一緒に暮らし始めてしばらくは、お互い手の内の探り合い状態が続く。これまで久美子は、舅姑との暮らしなどしたことが無い。娘時代はもとより、新婚時代の満州、引き揚げ後の岡崎村での貧乏暮らしの中でも、常にお嬢様然として暮らしてきていた。舅を迎えて緊張し、コチコチの状態が続いた。一日中一緒の生活にアップアップしている母の様子を見て、悠は学校から帰ると、退屈そうにしている松じっちを、柴犬雑種のポッピーの散歩に連れ出す。悠の足で、三十分以上もかかる今通っている小学校は、戦後のベビーブームのあおりもあって満杯状態。教室の後ろまでびっしり六十名近く詰め込み、それでもなお九クラスもあった。そのため、家から歩いて数分のところに、クヌギ林を切り開いて、新しい小学校の建築が始まっていた。「普請《ふしん》を見るのが好きだ」と言うので、散歩コースのひとつになった。もうひとつは、家の裏手に広がる畑の中の小道。春は麦、夏はトウモロコシ、秋は芋の畑になる。芋の収穫もすんで、芋つるが片側に寄せられた畑の道を歩いていた。急に立ち止まった松じっちは、着物の裾をまくりあげて、おしっこをしはじめた。傍らで見上げていたポッピーも、片足持ち上げて、境界に植えられているウツギの木にチョンチョンと、男同士の長い連れションン。畑の柔らかな黒土に小さな穴が出来て、そこからおしっこが流れていく。松じっちの生きている証のように思えた。

松じっちが来たときは、まだ秋の始まりで、掘り炬燵には布団が掛けられていなくて、やぐらに天板だけの空炬燵《からごたつ》だった。そこに練炭火鉢の火が入り、炬燵布団に覆われる季節になっていた。晩御飯の後、ほっこりとした掘り炬燵に足を入れて、松じっちの昔話を聞くのが、孫たちの日課になる。中学一年の長兄拓《たく》は、急に難しくなった勉強についていくため、途中で抜けることが多い。悠のすぐ上の三兄望《のぞみ》は、物事すべてを斜めに見る癖があり、おまけに、悠にチョッカイを出して、いたずらすると、「コラ、女の子を泣かすもんでねえ」と、叱られるものだから、松じっちは煙たい存在で、松じっちの話に素直に耳を傾けることを好まないようだった。孫たちの中で、松じっちに、顔も性格も一番似ていると誰もが認める次兄、小五の耕《こう》と、悠は、松じっちの話を聞くのが楽しみだった。身振り手振りを交え、実際にあったハラハラ、ドキドキの冒険物語、お涙頂戴の人情噺、あっと驚くような笑い話と、まるでアラビアンナイトの物語や、ラジオ放送の「新諸国物語」を聞く心地がして、毎夜の楽しみになっていく。それは、幾つか持っていた勲章にまつわる話から始まった。

☆　☆　☆

隣国清国との関係が、朝鮮の「東学党の乱」で雲行が悪くなり、終《つい》に日清戦争に発展する。日清戦争の台湾征伐時のことである。千代松は近衛第一旅団の軍曹として台湾に赴く。

「じいちゃん、戦争に行くのって、怖くないの？」

「怖くなんて、ちぃーとも思わねかったなあ。まあ、言ってみれば、兎狩りに行くような気分だなあ」

孫たちにかっこいい自分を語りたかったのか、多少の強がりはあったろうが、千代松の性格からしても、それはあながち嘘ではなかったかもしれない。

台湾上陸は、思っていた通り、ほぼ無血上陸に近かった。しかし内陸に向かうに従って、激しい抵抗に遭遇する。台湾の正規兵は、清兵であるが、中心になるのは、原住民の高砂族《たかさごぞく》で、蛮勇名高い種族である。台湾行政も、維新時から強圧的であったようで、高砂族の反日感情は、かなり高い情勢であった。

ある日、清兵の一群と対峙し、塹壕《ざんごう》から小隊長が軍刀を振りかざし、「突撃前へー」と叫びながら飛び出したところ、頭部に弾丸を受け即死して、千代松の足元に崩れ落ちた。千代松は、分隊長として銃剣を掲げ、「突撃ー」と二百メートル前方の敵陣めがけて駆け出した。これまでも、何度もこんな風に突撃していた。ピュン、ピュンと耳元を飛び交う敵弾。プス、プスと疾走する足元に突き刺さる音。恐怖はとうに通り越している。共に駆けていた戦友がバタバタと傍らに倒れる中、ただ全速力で駆け抜けていく。敵兵の顔が恐怖で歪んでいくのがはっきりと捉えられる。これまでの戦闘では、この距離まで近づくと、鳥が飛び立つように一斉に塹壕を飛び出し、蜘蛛の子が散るように清兵が逃げ出すのが常だった。しかしこの日は違っていた。大半の兵はいつもどおり逃げ出しているが、数人の高砂系の兵が青竜刀《せいりゅうとう》を握り締め、先頭で突っ込んでくる千代松を迎え撃つ態勢をとっている。完全武装で全速力で走ってきた千代松、さすがに息が上がっており、「ゼーゼー、ハァーハァー」の状態。

「エーッ、なんで逃げねーの？」

と思った。居残って迎え撃つような猛者《もさ》である。体もがっちりしているし、腕にも自信がある連中と見える。突撃して激しい死闘となった。千代松はここにおいて初めて青竜刀の威力を実感することとなる。

「耕、おめえ、青竜刀って知ってるか？」

「知ってらあ」

「あれはすげえぞ。俺たちが持ってた日本のごぼう剣なんかじゃ、とてもまともにゃ太刀打ちできねえ。跳ね返されるか、刀身折られるか、はたまた、刃がボロボロになるかで、切り結ぶなんかできねえのよ」

「じゃあ、じいちゃんどうしたんだ？」

「まともに食らったらイチコロだわな。だけど、青竜刀にも弱点があったのさ。刀身が重いもんで、振り下ろしてから、返すのに時間がかかるのさ。銃身で防いだり、刀剣搔《か》い潜《くぐ》ったり、俺も必死よ。どうにかこうにか防いでいるところに、後続の友軍がやっとこ追いついた。取り囲んで、最後は銃剣でやっつけた」

映画や漫画で見るような戦争とは違う。松じっちはことも無げに言ったが、実際に血が流れ、怒号が飛び交うような戦話《いくさ》は、聞いているだけでも、悠はやっぱり怖かった。戦争ごっこが大好きな耕兄ちゃんでさえ、膝がプルプル震えていた。それを見て千代松は、

「そんでもよお、あの頃の戦争はのんびりしたもんだった。休戦の時があって、お互い記念写真を撮ったりしたもんだ。それにある時なんざ、ほんの少しの距離しか離れてなくて、俺たちだって気づいたぐれえだから、相手だって気づいていたに違えねえのに、お互い知らん顔してすれ違って行軍した。無闇に無用な戦はしねえに限るわなあ」

「ふ〜ん。そんなこともあるんだ」

耕の顔がやっと少し緩んだ。

「でもよ、耕、戦争ごっこと戦争は違うんだぞ。ごっこなら、死んでも、十を数えたら生き返るなんて規則を作れば生き返ることができるが、本当の戦争じゃ、一度死んだら二度と生き返ることはねえんだ。戦争は命のやり取りで、決して格好いいもんで

も何でもありゃしねえんだよ」

　このような戦闘が続くなか、ある日、千代松は一等卒と上等兵の二人の部下を連れて斥候《せっこう》を命じられた。清軍の拠点深く潜入したが、敵兵に発見され、三人は、ほうほうの態《てい》で逃げ回り、何時しか、三人バラバラになってしまった。千代松も必死に敵の目を掻い潜り、ある村落に差し掛かった。その時自分が敵陣の真っ只中にいることに気がついた。さすがの千代松も、このままでは殺されるか、捕虜になるかどちらかになるのは確実と悟った。もはやこれまでと思い敵陣地内にあった、竹やぶに囲まれた井戸に飛び込んだ。狭く深い井戸なら、敵兵に見つからずに自決できると、とっさに考えたのだ。ところが、その井戸の水深は、千代松の丁度臍《へそ》ぐらいの浅さで、死にようもなかった。

「これまで、と思うことが何度もあったなあ。何しろ井戸だけに敵兵が水汲みに来るわなあ。『ピーポー、パーポー』なにやらおしゃべりしながら汲み桶を下ろす。俺はそのたんびに、銃剣をのどに当てて、見つかったら突こうと覚悟を決めていたさ」

「見つからずにすんだの？」

「そうなんだよ。その井戸はなあ、幸いにもというか、丁度壁から羊歯《しだ》の葉が生えていて、ちょっとぐらい上から覗いても底の方までは見えないようになっていた。そのお陰でとうとう見つからずにすんだんだなあ」

「おっかなくなかった？」

「そりゃ、おっかなくないっていやあ嘘になる。狭いし、暗いし、冷てえし、一人っきりだし。何より、すぐそばに、敵兵さんがウヨウヨいるんだから」

「それでどうなったの？」

約十五時間後、地上では戦闘があったらしい。友軍がこの拠点を占領した。疲労困《こん》憊《ぱい》状態の千代松の耳に、これまで聞こえていた中国語ではなく、懐かしい日本語が聞こえてきた。それでも、すぐには声をかけず冷静に状況を見ていた。日本語と共に、水桶が井戸に下ろされた時、初めて声を出した。

「おーい、俺は日本兵だ。ここから引き上げてくれー」

地上の兵隊は、井戸底奥からの声にびっくりして、オズオズと中を覗き込む。羊歯を掻き分けて顔を覗かせた千代松を認めて、やっと引き上げられた。

連隊長の前で、事情説明をする。一緒に斥候に出た二人のうち一人は、田んぼの中、もう一人は、あぜ道で敵弾に撃たれて戦死していたと聞かされた。

「『敵中深く潜入し、捕虜にもならず天晴れである』と褒めてくれた。おまけに『大胆軍曹』と名付けてくれたのさ。これがそのときの勲章だ」

勲章を見せ、手に乗せてやりながら、孫を前に、低い鼻をピクつかせて自慢した。

勲章にまつわる話の第二段は、時は移り、日露戦争の「常陸丸《ひたちまる》事件」になる。

三国干渉以降、ロシアとの関係が急速に悪化する中、千代松に召集令状が届く。この時既に、千代松は、川嶋佐和と結婚し、長女、秀が誕生していた。戦場に向かう夫をどんなにか辛い思いで見ていただろうか。それに対して千代松は、また活躍の場が与えられたと浮き立つような思いでいたようだ。明治三十七年春、後備近衛《こうびこのえ》歩兵第一連隊に、二等軍曹、分隊長として入営、懐かしい皇居の連隊に軍復帰した。

「この勲章はなあ、常陸丸事件のものよ」

「常陸丸事件って？」

「そうさなあ、耕、おめえなら、二〇三高地は分かるよな。あの戦いのために、輸送船に乗って向かっていたさ。そしたら、霧の中から突如、ロシアの艦隊が現れて、砲撃してきた。こっちは武器を持たない輸送船、小銃でやりあったが、所詮《しょせん》、敵うわけがねえ。沈没よ。俺はどうにか助かったが、ほとんどの者が死んだ。まあ、あの時俺がおっちんでりゃ（死んでいれば）、おめえたちのお父ちゃんは生まれていねえ。さすれば、おめえたちもこの世にいなかったわなあ」

耕兄ちゃんの知っている二〇三高地も激烈な戦いだったそうだ。悠は、乃木将軍という人の息子が二〇三高地で戦死したという話を、耕兄ちゃんから聞いたことがあった。常陸丸事件は初めて聞く話だった。

「俺はなあ、新聞記事に名前が載った。常陸丸の最期を語ったのはこの俺。それを元に琵琶歌が作られ、多くの人の涙を誘ったものよ」

その新聞記事（口語体に直し、要約）によると、

初戦の大勝利から日本海の自軍同士の衝突や機雷接触による戦艦沈没、旅順港閉塞の失敗など、重苦しい状況に加え、ロシア極東艦隊の旗艦である「リュー

リック」の出没で、海上は大変危険な情況にあった。旅順要塞占領作戦が発令され、乃木第二軍に命令が下された。その支援隊の一つに後備近衛第一連隊に白羽の矢が立つ。輸送船の名は「常陸丸」。直前に英国から買い受けたもので船長も英国人であった。一九〇四年、明治三十七年六月十五日、旅順、二〇三高地を攻撃する補充部隊要員を乗せ、博多（宇品とも言われている）港を出航。玄界灘を航行中、ロシア・ウラジオストク隊「リューリック」の待ち伏せに遭い、何百発もの砲弾を浴び撃沈された。僚船「佐渡丸」と共に、戦闘力である砲を持たない輸送船は、軍艦の餌食でしかなかった。当初近衛兵たちは甲板から敵艦に向け小銃で応戦したが、アッという間に機関室、操舵室に損傷を受け速力が落ち、沈没は時間の問題となった。小銃で応戦した甲板上はもとより、直撃砲を何発も食らった船内は阿鼻叫喚《あびきょうかん》の様相を呈していた。連隊本部室では、連隊幹部（連隊長：須知中佐、副官：山縣少佐以下生き残り将校）全員が集結して、軍隊の象徴である軍隊旗を焼却し始めた。連隊旗手大久保少尉が焼却確認した直後、須知中佐が、軍刀を腹に立てた。瞬間大久保少尉の軍刀一閃し連隊長の首をはねている。

少尉も遅れじと拳銃をこめかみに当て自決。それを確認して、全員が燃え散った連隊旗を囲み壮烈な自決がなされた。

乗員総数はまちまちだが、戦死総計千二百五十二名、乗員中生存者僅か三十七名。内訳は、軍曹二、伍長一、兵卒三十二、船員二名。漁船に救助された生存者中の最高官（軍曹）、田之倉千代松談。

千代松が孫たちに語ったのは、連隊幹部が連隊旗や重要書類を焼却後、ピストルや軍刀で自決、英国人の艦長は、最後までブリッジにいて船と運命を共にしたとか、戦闘開始が午前十一時過ぎ、午後三時ごろ船尾より常陸丸沈没、といった新聞記事にもなった壮烈な常陸丸最期の話だけでなく、多くはその裏話的なものであった。

沈没までには多少の時間があった。千代松など下士官兵は、山縣少佐から「自決はまかりならん、生き抜け」と、きつく言い渡されていた。そのことを受け、千代松はこの惨状の中、「なるようにしかなんめー」と覚悟を決めた。生き残った部下の兵士を調理場に集め、その辺にある食物を食べられるだけ目一杯食べさせた。傍らにあった、酒瓶に漬かっていた朝鮮人参を、周りに集まった兵士に切り分け与え、

「腹いっぺえにはならねえが、滋養強壮品には間違いねえ。冥土の土産だ、食え、食え」

と言いながら、自ら、決して美味い物ではなかったが、むしゃむしゃと食べた。この精の元がその後の体力をもたせたのだ。調理場に転がっていたにんじんは腰にぶら下げて、海中に飛び込んだ。

「耕よ、船が沈没する時はできるだけ早く船から離れなくちゃならねえんだぞ、分かるか？」

「なんでだ？」

「沈没する時には大きな渦ができる。それに巻き込まれたら逃げられねえ。巻き込まれない所まで、俺は水府流《すいふりゅう》で泳ぎ切った。水府流たあ、昔、武士が、鎧を着けたまま、水音立てずに泳いだ、のし（伸し）と言われた横泳ぎだ。お父ちゃんも、那珂川《なかがわ》の水《みず》場《ば》で鍛えられているから泳げるはずだ。おめえたちも水府流は覚えておけよ」

「うん、のしなら、お父ちゃんに教わった。自由形（クロール）と違って、バシャバシャ腕や脚を振り回さなくていいから、体力使わない分、長く泳げるんだよね」

「そうよ、生き延びるための泳ぎだ」

　こうして、遭難時の第一段階の危機を乗り切ったのだ。

「そこからがまた大変なことよ。浮かんでた遺体に『南無阿弥陀仏』と拝んでつかまって、しばし休ませてもらったりもした。やっとのことで、流れてきた木材にしがみついた。周りを見ればそこここに友軍の死体が漂っている。中には顔見知りの戦友の変わり果てた姿もあった。瞬間生き残りは俺一人かと錯覚するような静けさだった。次の瞬間、『助けてくれー』『かあちゃーん』の声があちこちで聞こえてきた。でもよ、声の主を確認しようにも、助けにいこうにせよ、もう気力体力は限界。その板切れにしがみつくので精一杯だった。そのうち、声は小さくなって、また静かになった」

　初めて聞く話に、耕も悠もただ息を呑んで聞くばかりだった。

　沈没から小一時間は経っていた頃だった。

　前方に、太さ二尺（約六十㎝）長さ六間（約十ｍ）の丸太に四、五人つかまっているのを見つけた。泳いでそこに移った。一人はさすがに心細かった。

「自分は田之倉軍曹である。官姓名を名乗れ」

話しかけると力無い返事が返ってきた。最初は十数人つかまっていたそうだが、一人減り二人減りでこの状況になったようだ。顔ぶれから見ると、いずれも自分と同じぐらいの三十歳を過ぎた召集兵ばかりであった。最上官であると知り、必死に語りかけ元気付けた。が、さらに、一時間、二時間と時が経つにつれ、丸太をつかむ手の力がなくなり、一人、また一人と玄界灘の海底に沈んでいった。何時間後にはまた独りぼっちになってしまった。

「何でそんなにあっさり諦めてしまうんかなあ」

「じいちゃんが並外れて体力があったんでないの?」

「かもしれんなあ。そうだとしても腹立たしいやら、哀れだったなあ。まあ、考えてみりゃ、俺の場合、飛び込む前の朝鮮人参が効いたのかもしれないなあ」

あたりはすっかり闇となり、寂しさ不安が押し迫ったに違いないが、

「いやー、そんなこと思ったことはねえー」

と孫たちには強がってみせた。それより暗闇の海で最も恐れていたのは、フカ（サメ）だったという。乗船前に玄界灘にはフカがいる。海に入ったらふんどしを外してそれを流せ、と教わっていたそうだ。

一夜明け、周りが明るく見渡せるようになった時、波の上下で、はるか彼方に数人の乗っている筏《いかだ》のようなものが見え隠れする。その人影に向かって丸太を近づけていく。波と潮の流れでなかなか近づけなかった。ようやく接近すると、それは甲板の破片らしく畳十畳ほどの広さがあり、それまでの丸太とは、比べようもない、天国を思わせる浮遊物であった。

そこに移りこんだ。ここの連中は丸太の戦友に比べると比較的元気であった。全身海中にあり、腕だけで丸太をつかんでいることから見れば、不安定でも全身を板の上に乗せられるのとでは、体力の消耗度が違う。それでも、大きな波にさらわれて、当初の三分の一に減ったという。この小筏に乗り移ることができ、仲間と巡り会い、やっと不安が遠のいた。沈没から丸一昼夜、疲労と空腹、のどの渇き、また、あたりが暗くなるにつれ、絶望感がちらつき始めた午後五時頃、近海を航行中の日本の蛸釣り漁船に救助され、その船底に隠された。

「いやー、その時ゃたくさんのタコに吸い付かれて大変だった。ありゃ、雌のタコに違えねえ」

じいちゃんは、九死に一生のことなのに、面白おかしく、何処までも呑気な話にしてしまう。それでも、その物言いに、悠たちがホッと一息つけたのも確かだった。

千代松は鼓膜破裂以外大きな怪我もなかった。この話を聞いて、じいちゃんが戦争で片方の耳が聞こえなくなったというのが、この戦争のことだったのだと、悠の中で、やっとつながった。

千代松この時三十五歳。この話にはちょっとした艶話が付け加えられる。

救助された千代松たちは、当時大本営があった広島の陸軍病院に収容された。回復後、除隊して水江へ帰る。水江駅には叔父の占部《うらべ》喜八《きはち》と娘秀を連れた妻佐和が出迎えに来ていた。列車が水江駅に着いても、凱旋のヒーローとも言える千代松はなかなか降りてこない。ようやく姿を現したが、妙にそわそわと落ち着きがない。歓迎の人混みに紛れて千代松の後ろに変な女の姿がチラチラしている。

「ははーん」佐和はすぐにピンと来た。群れからそっと外れて女に近づき、財布から手持ちの金を全て与え、

「悪いことは言わない、このままお帰り」

と言って、上りの列車に乗せた。女は広島陸軍病院の看護婦（師）であった。

「あん時ほどびっくりしたこたぁなかった。どうしてもついて行くって列車に乗ってきた。上野で因果含めて帰せたとほっとしていたのによお。水江駅近くでまた姿を現した。あん子（あのこ）は泣いて梃子《てこ》でも動かねえて言うし、どんどん水江は近づくし。俺はあん子のいろんな事情を親身に聞いてやってただけだ。情け深《ぶけ》えことが、時には罪作りってことか……。いやあ、女心は計り知れねえ」

とか何とか言いつくろってはいたが、千代松の言葉に嘘はなく、千代松のほうから言い寄ってどうにかしようということより、相手のほうがついてくるという構図がパターンであったようだ。この先も女がらみの茶番劇は続く。こうしたことは、千代松の父喜七《きしち》の血がそうさせたのかもしれない。

「ねえ松じっち、そんな怖い目にあったのに、何で、『軍隊ほどいいとこはねえ』な

んて言うの？」

「そうさなあ……。おめえのお父ちゃんは、貧乏してても、そりゃ一生懸命おめたちを食わしてる。だけど、俺の親父様は俺たち残して家に寄りつかねかった。おめえは、水飲み百姓って言葉知ってるか？　ほんとに飯なんか食えねえで、水飲んですごすんだぞ。それに比べりゃ、軍隊は三度三度、麦飯食える。こんないいとこねえってほんとにそう思った」

八十六歳になった千代松のこれまでの人生の中で、自分の話を親身に聞いてくれる子も、孫もいなかった。聞かせる機会もなかった。親子孫のこうしたふれあいは、悠たちの家に来て知る、初めての経験ではなかったろうか。

最初は勲章にまつわる話を語っていた。しかし戦争を美化した話ではない。勲章にしても、千代松の場合、戦果功労賞と言うより、命ながらえたことの褒美のようなもの。孫達に語ったことは、戦争の非情と悲惨を伝えたかったに違いない。孫達への語りも、次第に、これまでの自分の来し方、生き様を語ることに変わっていく。

☆　☆　☆

田之倉千代松は、明治二年四月一日、父喜七、母波麻《はま》の長男として、水江市郊外石《いし》神村字松村宿《がみむらあざまつむらじゅく》に生まれる。波麻の前夫、田之倉半助は、水江藩の内乱（元治甲子の乱）に於いて、元治元年九月二十三日、天狗党（勤王派）の一員として戦死している。享年二十四。

松村宿、堂ノ内《どうのうち》の藤崎家より迎え入れた妻波麻には、まだ子が無かった。幕末から明治を迎える騒乱で戦死し断絶の危機にある田之倉家、貧乏ながらも、潰すには惜しい家柄ということもあり、その再興に、親類筋にも当たる松村宿の大地主、安蔵《あんぞう》家の七男、喜七に入り婿の白羽の矢が立った。大地主の家に生まれたとはいいながら、長子相続、田地田畑の切り分けはならず、七男ともなれば、作男並みに働くか、他家に養子に行くかの選択を迫られるあぶれ男になる。喜七は十八歳、波麻は、半助よりも年上だったこともあり、この時既に三十歳に届く年齢であった。同じあぶれ男になる弟喜八は、白泉小町のキンに一目惚れして、自ら喜んで占部家の入り婿になった。同じ入り婿でも、喜七自身の意向ではなかっただけに、年上妻の波麻との折り合いはしっくりとは言い難かった。

喜七は、どちらかというと、身体は農作業をするには似つかわしくなく、華奢に見える。

顔立ちも、中高で二重瞼、歌舞伎の女形《おやま》を思わせる、それなりの美形であった。千代松が生まれた後も、家に落ち着くことや農作業を嫌い、街中をフラフラ遊びに出向くこともしばしば。そんなある時、鼻緒を切らして難儀している年増の女を見て、すかさず、手拭いを裂いて鼻緒をすげ替えてやった。そのお礼にと女は自宅に連れて行った。髪結いのお師匠さんから独立して、自前のお店を出したばかり。そのあいさつ回りでの出来事だったと語る。それが縁で、喜七はその髪結いの店に出入りすることになる。いつしか『髪結いの亭主』よろしく居続けることになった。女が喜七を手放さなかったのだ。鍬を握るより、まき割の方がまだ似合う。手先が器用な分、細々とした手仕事で女を助ける。喜七にとって、年上という年齢だけでなく、郷士の娘だったと、上から目線でものを言う妻波麻の存在が疎《うと》ましかった。田之倉の家に戻るのは、冠婚葬祭の義理に身を置く時だけにだんだん絞られ、やがて、十歳離れた千代松の弟末吉が生まれてからは、この妾宅《しょうたく》に居続け、千代松たちとは腹違いの娘まで持つことになる。喜七からすれば、田之倉家の名を遺す男児二人をもうけたのだから、お役御免と思いたかったのだろう。

父喜七の不在は、田畑の仕事を始め、全てが、母波麻の一身にかかった。まだ遊びたい盛りの子どもであったにもかかわらず、長男の千代松にもかなりの負担が掛けられたのは想像に難くない。当時一番辛く嫌だった仕事は、「肥え桶担ぎだった」という。狭い上りの畦道を肥え桶担いで登る。ペチャペチャと音を立て、強烈な悪臭と共に、ボロボロの服に飛び散る。そんな千代松を、近隣の村人たちは、「ボロ松」と呼んでいた。とはいえ、ボロは着てても、元気いっぱいの悪戯《いたずら》っ子であったのも事実だったようで、悪戯しては、しょっちゅう大人どもから「コラー、このボロ松ー」と、追いかけられていた。

「台湾の戦闘の時、俺だけが逃げ切れたのは、ちっけえ頃から逃げるコツを知ってたからかもしれねえなあ……」

と、他人事みたいにつぶやく千代松であった。何事も経験は無駄にはならないようである。

こうした貧乏暮らしの中でも、母波麻は学問することを薦め、近所の村塾に千代松を送り出す。しかし、畑仕事から解放された時間は、千代松にとっては遊びの時間に化ける。

「いやー、先生様ちゃ、偉えもんだなあ。紙が真っ黒になるまでお習字すれば庭に出て遊んでいいちゅうから、隅から隅まで真っ黒けに塗りつぶして持って行ったんだわ。したら、『これは狡《ずる》したべ』って、すぐ見破ったもんなあ」

とあっけらかんと悪戯っ子時代を語る。

「だがなあ、あん時真面目に勉強しとけばよかったと、後で悔やむことになった。勉強はやれる時にやっとくのに越したことはねえ」

申し訳程度に、訓戒《くんかい》めいたことを付け加えた。

「昔の人はうまいこと言ったもんだ。『親の意見となすびの花は……』ちゅうけんど、あれはほんとのことだなあ」

「なすびの花って何？」

「なすびは茄子のことだな。茄子の花は咲いただけ実がなるんだそうだ。『千にひとつの無駄がねえ』と続く諺よ。そういや、もひとつあった。『親の意見と冷の酒』てえの」

「なにそれ」

「その後に『後から効く』って続く。いずれも、親の言うことは、間違いがねえし、聞いておくもんだということさ」

遊びたいからだけではなかった。母を助けるための野良仕事は後から後から追いかけてくる。村塾に行く機会はそれだけ失われていった。千代松は、読み書きもままならぬ状態で成人することになる。

千代松の昔話が続く。

働き詰めの母波麻が、ある時体調を崩して寝込んだ。悪寒がするらしく、

「松よぉー、寒いよー」

と言う。掛けてやりたくても布団はない。仕方なく蚊帳を掛けてやる。

「松ー、軽いよー」

と言うのに、子どもの発想で軽いを受けて、杵を蚊帳の上に乗せたという。

「松よー、なんぞ軽いと言っても、杵はなかろうが」

と、体調が戻ったとき、波麻が苦笑いの顔で言ったそうだ。この話を悠たちは何度も聞かされた。一見笑い話にも思えるが、千代松の子ども心にも、どうにもやりきれない切なさがあったためであろう、笑うに笑えない話として孫たちの心に残った。

粟《あわ》や稗《ひえ》しか食べられない貧乏暮らしの割には、千代松はがっしりとした頼もしい体躯に恵まれていた。それは近くを流れる久慈川の恩恵があったからかもしれない。鮎、ハヤ、ドジョウ、ナマズ、ウナギといった類の動物性タンパク質が取れたためではなかったろうか。川の恩恵はそれだけではなかった。「野っぽ泳ぎ」で水泳を覚えた。これが常陸丸遭難時の千代松の命を救った。また、千代松は運動神経が抜群に良かったらしく、常々「餓鬼の時から、走りっこと相撲には負けたことがねえ」と自慢していた。

野良仕事で鍛えた足腰と、粗食に耐え、生き残る術《すべ》を体得。常に前向き、元気一杯、

なるようにしかならぬの楽天主義の生き方が、稀に見る気力、体力の充実を培《つちか》ってい
た。

☆　☆　☆

千代松が来て変わったことと言えば、人の出入りが多くなったことがある。それま
では、家族六人の生活で、近所以外の他人が出入りすることなどほとんどなかった。
今まで顔など出したことがなかった輝男の長姉、川嶋秀がやって来た。
「輝男、お風呂好きの松じっちに、毎日お風呂入れてやってね。石炭は私んとこでま
かなうから。いいわね。久美ちゃん、よろしく面倒見てやって」
輝男には姉貴風を吹かし、久美子には、姑よりも恐い小姑の目と口で接する。
秀の家は燃料店を営んでいる。言葉通り、この先、石炭入れには、空になる前に補
充されたし、焚き付けの堅薪、バタ薪も一緒に届けられた。
輝男の次姉の七重は、自身は顔を出すことが無かったが、夫の佐藤重吉と、七重の
娘で悠には従妹になる、一つ年下の妙子を伴ってやってきた。悠が妙子とこの家で会

うのは初めてだ。いつもは町中にある妙子の家に悠が訪れていたからだ。重吉は、勤めている写真館から、和菓子の宣伝チラシに使う写真撮影の助手としてやってきた。お菓子の宣伝には、男の孫より女の子の方が似合うということらしい。モデルということなら、妙子は七重伯母に似た美少女だったからふさわしいが、悠は、その任にふさわしくはない。考えようによれば、どこにでもいそうな普通の女の子としての役割だったのかもしれない。おじいちゃんと孫たちが、お菓子をねだったり、一緒に食べるといったポーズをとって、松じっちと三人、何枚もの写真を撮った。ぎこちない悠だけの写真は、没になったようだ。宣伝用チラシに悠の姿はない。

松じっちのこれまでの遊び仲間の旅館組合や、町内会の長老たちといった人たちも、手土産持参でやってきた。松じっちは、単なる隠居爺さんではなかった。千代松あるところ、人が寄るところ。なんだかんだ言われても、松じっちの人柄を感じさせられた。

千代松のもう一つの人柄を語るエピソードがある。

千代松が居座る前年の年末、押し詰まったある日、久美子の兄、喜一郎の妻、コウの弟、三四郎、安蔵本家の勝之助と三四郎の兄二人を連れて、輝男宅を訪れる。「三四郎事件」として、親族の間の語り草になっている。三四郎は、安蔵本家の三男で、婿養子として他家に入り、三人の子持ちとなっていた。その家族を捨て、女の子を連れた未亡人と駆け落ちするところを取り押さえられたのだ。いつもなら、千代松のいる松屋旅館での会合になるはずが、年末のこともあり、急遽、輝男の家で親族会議を開くことになり、連れてこられたのだ。女と娘はひとまず離されて、悠たちの部屋に移された。三四郎一人が談判にさらされる。子連れの年上の未亡人である。当然のごとく、別れる方向の説得になる。長談判に、すでに日にちは変わる。女が呼び入れられ、今度は女の説得になる。最終的には、女が折れて、娘と二人、広島の知り合いの元に行くということで決着がついた。翌朝、談合がなされた部屋は、灰皿一杯の煙草の吸い殻と、男たちの鼾《いびき》が響き渡っていた。意外に和気藹々《わきあいあい》とした朝食後、女の行く末を駅まで見届けに行く。汽車が走り去って、ヤレヤレと見回すと、そこに三四郎の姿はなかった。隙をついて、汽車に飛び乗って、まさに駆け落ちしたのであった。千代松の談合は、見事失敗に終わったが、こうした親族会議の裁定にしばしば駆り出され、成功裏に収めることの方が多かったのである。そういえばと、久美子が思い出したことがある。輝男とまだ知り合う前のことだった。同じような占部家の大騒動（姉妹同然に育ち、もう一人の姉と慕っていた従姉妹の「琴乃の乱」）だ。琴乃の結婚にまつわる騒動で、何度も親族会議がもたれた。千代松はその調整役として駆り出され、事を収める働きをした。あの時はうまくいったが、いつも成功するとは限らない証の様だ。

もともと久美子はお嬢様気質が強く、仕えてもらうことには慣れっこだが、自ら奉仕するのは苦手意識がある。「三四郎事件」はその場限りのこととやり過ごすこともできた。ところが、一年も経たない秋に千代松が転がり込んできて、それに伴って、入れ代わり立ち代わり人が出入りするようになった。このような人の出入りも、母久美子には負担なことであった。慣れない舅との暮らし、それでも懸命に尽くしている久美子を見て、輝男は時々、久美子を大好きな映画に連れだした。それも勤めを終え、早目の夕食を済ませてからのことだった。千代松への言い訳は、決まって、「ＰＴＡの会合に行ってきます」だった。

「ＰＴＡって、何だ？」

「ああ、昔でいう父兄会のことだわ」

「ふ〜〜ん。この頃の父兄会は、夫婦連れで、しかも夜にあるんかい……」

何もかも承知の上で、片目つぶってとぼけて送り出す千代松だった。

まだ父輝男も母久美子も三十代である。ギュウギュウ詰めの、それも思春期を迎えている子どもも一緒の寝室。そのことを考え合わせれば、映画もまた、口実の口実であったかもしれない。

☆　　☆　　☆

千代松の昔話が続く。元気一杯の悪餓鬼時代を過ぎ、春の目覚めの時を迎える。

「俺あ、夜這いも得意だった。待ちかねる後家さんもいて『後家殺しの松』なんて呼ばれてよお」

「じいちゃん、ヨバイって何だ？」

「後家殺しって、じいちゃん、人、殺したの？」

耕と悠が同時に聞いた。

「いやあ。うん、そのお、まあ、なんちゅうか、殺しはしねえ。人助けのようなもんよ」

初めのうちこそ久美子は「お義父さん」と呼んでいたのが、すぐに「おじいちゃん」と呼び名が変わっていた。会話を聞くともなしに聞いていた久美子が間髪容れず、

「おじいちゃん！」

と言って、睨んだ。

「てへ、こりゃすまねえ」

禿げ上がった頭に手をやって肩をすくめた。

この頃から、千代松は生まれついての放浪癖が顔を出す。農閑期になると、ふらふらと家を出る。雄猫が旅猫になるようなものだ。行き着く先は、白泉の叔父占部喜八の家と決まってはいたが、そこに辿り着くまでの道中は、一直線とは行かない。ある時は、農家にもぐりこんで、一宿一飯の代わりの作男《さくおとこ》仕事で数日過ごす。またある時は、丁度出くわした旅興行の一座に加わり、俄《にわか》仕立ての女形となり、小屋掛け芝居

であちこち巡るといった按配《あんばい》だった。しかも人気役者として巡ったというから驚きだ。引き留める袖を振りきって、白泉までの旅に戻る。漸《ようよ》う白泉の叔父の元にたどり着く。たとえ叔父甥の間柄とはいえ、喜八も只で小遣いは与えない。喜八の元で商売を手伝って、小遣いを稼ぐ。金が入れば、女郎買いに走る。すぐに金を使い果たし、帰り道もまた、来た時同様の道筋になった。

そんな千代松の行状を見て、母波麻は、千代松に嫁をあてがった。千代松十八歳。嫁は近隣の娘であった。千代松を落ち着かせることもあったが、この頃の嫁とりは、労働力の確保の意味合いも強かったから、なにより波麻好みの従順なよく働く女であった。女は幼い頃、馬に耳を食いちぎられたとかで、片方の耳がなかった。自分好みの嫁ではなく、ましてや、放浪の旅に目覚めてしまった千代松は、かえって家に寄りつかなくなった。

「イヤー、あれには参ったよなあ。かか様の顔は立てたいところだけんど、なあ……」

一度話を途切らせて、耕と悠の顔を見る。どんな展開になるのかと、二人は興味津々身を乗り出す。その姿を見て千代松は、さらに芝居がかった仕草で話を続ける。

「しばらく家を空けて帰ったんだわ。もう里に帰っただろうと思って、そっと、板戸の節穴から覗いてみたら、まだ嫁がいて、かか様と何やら話しながら、繕い物の針仕事をしているんでねえの。こいつぁ帰れねぇてんで、また、スタコラ遁《とん》ズラよ」

この繰り返しで、とうとう嫁は実家に帰ってしまった。

「俺は、耳無しだから嫌だったわけじゃなかったんだがぁ。常陸丸事件で、どっこも怪我しねかったのに、鼓膜が破れて、片方の耳が聞こえなくなったのは、あの嫁さんの祟《たた》りかもしれねえなあ」

「嫁の祟り」は、本来「情け深え」はずの千代松が、若さ故《ゆえ》と言いながら、情けをかけてやらなかった嫁への、ちょっぴり反省を込めた言葉だったかもしれない。


明治二十二年、千代松は二十歳となり、徴兵検査後、現役兵として、東京近衛歩兵第一連隊に入隊する。近衛兵は、天皇をはじめとする皇室近くに仕える兵隊として、他の兵隊とは一線を画す。当時は西南の役後の軍政整備が一段と進み、ほぼ近代軍政が整った時期であり、近衛兵への威厳と尊厳は絶頂期にあった。誰でもなれるわけではなく、家系を相当厳しくチェックされたうえで選ばれたものがなった。田之倉家は武士ではないが名字帯刀を許された郷士の身分であり、貧乏ながら名主《なぬし》もつとめたこともあるそれなりの名家であった。千代松が近衛兵になれたのは、それに加えて、勤王党の一員として、幕末の天狗党の乱で戦死した田之倉半助の功績によるところが大きかったに違いない。

皇居の衛兵として御門の前に立つこともあったと、孫達に語っている。後の大正天皇になる幼い皇太子をときどき見ることがあったそうだ。悠が、松じっちに尋ねる。

「ねえ、皇室の人ってどんな感じなの？　後光が射してるとか……」

「まさか、俺が立ってるころは、まだ、ちっちぇ野郎《やろ》っ子だったよ」

とサラリと言ってのけた。

個人の自由はないに等しい軍隊の規律の中の生活は、放浪の気ままさを味わった後では窮屈過ぎたかもしれないが、それに比べてもなお、稗と粟、それも満腹に食ったことがない千代松にとっては、麦飯といえども腹一杯食べられる、この「飯が食える」ことのほうがはるかに魅力があった。その上、「ボロ松ー」と追い掛け回され、村の鼻つまみ者であったのが、一躍村の英雄になったのだから、「軍隊ほどええとこはねえ……」は納得できる言葉である。

軍隊の中で誰もが嫌がる教練（軍事訓練で、日本陸軍はこの頃から既に猛訓練を当たり前にしていたようだ）であるが、千代松にとっては水を得た魚も同然で、本領発揮する。長距離個人行軍、相撲大会、銃剣などの大会では、千代松の独壇場で負けを知らなかった。文字通り「俺は軍人になるために生まれてきた」と思った。

千代松の教練中心の軍隊行動は、上官たちの注目の的となり、下士官候補の筆頭に上げられ、大いに期待された。ところが、下士官となるためには、最低でも読み書きは必須である。分隊長の基本は、命令受領と伝達。命令書が理解できないでは、長は務まらない。

幼い時からの農作業と遊び癖で勉学のチャンスを逸し、無学文盲状態の千代松。軍隊で生き残るためには、好き嫌いを超越しての猛勉強が必要であった。

「『聞くは一時の恥』とばかりに、俺は、上等兵を捉まえては、『これは何て読む？』、

『この意味は?』、『これはどの漢字だ』としつこく付け回しては、読み書きを教わることになった。

「でも、じいちゃんがいつも持ってる手帳を見たことあるけど、びっしりと綺麗な字で書き込まれてあったよ」

耕にそう言われた松じっちは、

「あれ見たんけえ。ああなるまでが大変なことよ。聞くだけじゃどうにもならねえ。矢っ張り、自分自身で勉強せねば身につかねえのよ。そんなもんだから、消灯後は薄明かりのある便所に新聞を持ち込んで独学よ。当時の新聞には、漢字にルビが振ってあったから、それを拾い読みしちゃ字を覚え、記事からいろんなことを教わった。いやー、かか様の言うように、あん時しっかり勉強してればこんなに苦労はしなくてすんだのによお」

ともあれ、努力の甲斐あって、千代松は不自由なく人並みの読み書きができるようになった。持ち前の体力、気力と相まってかなり早い時期に三等軍曹に昇進した。

☆　☆　☆

「おかあちゃん、ジョロケーてなんだ？　じいちゃんが、『ジョロケーは、いいもんだ』って、すんごく楽しそうに言うんだよ。そんなに楽しいことなら、おれもジョロケーに行ってみてえ」

「ジョロケー？　ジョロケー？　ジョロケー……。んっ。女郎買い、のこと……。おじいちゃんは、子どもに何てこと言うんだろ。夜這いといい、ジョロケーといい、まったく！　コウ、ジョロケーなんてとんでもない。行くこたあない。行けやしない」

久美子は普段にもまして、プリプリと怒っていた。

千代松の悪癖は、放浪癖のほかに「女遊び」があった。最初の耳無し嫁のあと、千代松自身も気に入った二度目の妻おキクも、この女癖の悪さで別れている。ただ、別れた後も、千代松を憎むということはなかった。

「好《い》い人なんだけどねえ。私も嫌いじゃなかったんだけど、女好きでねえ……」

と述懐していた。おキクとの間に子どもができなかったのも、別れの理由になっていた。別れた理由を聞かれたとき、何時になくしみじみとした口調で、キクには表だって言えなかったが、と前置きして、

「おキクに何の不満も無かったんだけど、俺は田之倉家の長男だし、『三年たって子無きは去れ』をしなくちゃならなかった。今でもそのことは申し訳ねえと思ってるよ」

と言っていた。

女絡みのトラブルには、すぐに救世主が現れる。その救世主こそ、白泉で成功を収めた叔父占部喜八であった。白泉小町とうたわれていた、占部キンに一目惚れ。没落していた占部家に自ら進んで婿入りし、バリバリ仕事に励み、持ち前の商才と相まって、たちまちのうちに財産を築き、街一角を占めるほどの隆盛を極めた。そうなると周りは妬みもあり、

「水江の出と言ってるが、何処《どこ》の馬の骨か分からねえ奴」

と、喜八は冷たい目で見られていた。そんな時期に、休暇で千代松が白泉の喜八を訪ねた。紺に赤筋の入った近衛兵の軍服は、田舎の人々には、驚きと敬意の念で眺めら

れたに違いない。「何処《どこ》の馬の骨」と言われていた喜八が、常々「甥っ子は近衛兵だ」と会う人毎に吹聴しても、誰も信用してくれなかった。が、論より証拠の現物が店先に現れたのだから、喜八の面目躍如《めんもくやくじょ》、喜びもひとしおであった。それからは「何処の馬の骨」から、「近衛兵を出せるような名家の出は本当だった」に変わり、商売上の信用を得たことも事実だった。

千代松にしても、自分の父親の喜七に対しては「大事なかか様をほったらかしにして、苦労ばかりかける憎っくき奴」という思いが強いが、甥っ子を不憫にも思い、幼い頃から可愛がってくれた喜八には、本来の父親に抱くような、愛情と甘えがミックスされた感情を持っていたようだ。

こうした経緯から、叔父、甥の絆はますます強くなっていった。喜八は自慢の甥を、東京での商用のたびに訪れ、かなりの額の小遣いを与えている。金持ちのスポンサーを得て、ますます千代松は意気軒高《いきけんこう》。軍資金を懐に、セッセと大好きな「ジョロケー(女郎買い)」に通うことになる。喜八からもらった小遣いから、必ず五十銭銀貨を自分の決めた柳(おそらく当時の吉原の土手にあった柳のことであろう)の根方《ねかた》に埋め、手元の金が心細い時に、掘り起こして、その五十銭銀貨を握りしめて、意気揚々と女郎買いに繰り出したのだった。

叔父喜八にしても、清廉潔白高潔な人かというと、そうとばかりとは言えない。恋女房のキンが、息子三人、女子二人をあげた後、末子が五歳になるかならぬかの頃病死してしまう。その後しばらくして、馴染みの芸者を落籍《ひか》し、白泉郊外に別宅を構えて住まわせた。喜八は本業の卸《おろし》業の傍ら、阿武隈川河畔の通称「土手」と呼ばれる堤防内の広大な畑地を手に入れ、果樹園を開き、養蜂業も併せて行っていた。その果樹園の一角に当時としては珍しい三階建ての屋敷を構え妾宅とした。周辺のものは「お三階」と呼んでいた。妾には子どもができなかったが、身の回りの世話をしていた親類筋の若い娘に手を出し、男子二人をもうけた。喜四郎、喜五郎で、特に喜五郎は、喜八の商才を色濃く受け継ぎ、占部の表舞台には立てなかったが、戦後復興時の陰の支えとなった。千代松の父喜七との違いは、家庭を放棄せず、本宅の屋台骨を支え切ったことだろう。

近衛兵としての華やかな頃、千代松が再婚。最初の耳無し嫁は、俗に言う「足入れ婚」で、入籍はしていない。初婚はキクになるが、離婚している。再婚相手は、枡沢《ますざわ》利三郎の次女佐和。枡沢家は、仙台藩枡取《ますとり》奉行として仕えた武家であった。明治維新後、商売を始めたが、「武家の商法」を地で行くように失敗。名を、川嶋平助と改め、かねてより取引のあった、醸造業滝田屋を頼って、単身水江に下った。後日、妻、長女喜和、長男を呼び寄せ、水江に永住を決めた。生活が安定したころ、成人した長男を仙台に戻し、桝沢の名を残し、墓守として存在を保つ。次女佐和は水江生まれになる。

千代松と佐和との間には子ども五人が授かっている。

長女秀は、佐和の実姉喜和の養女として育つ。末子の輝男とは、一回り以上の年の差があり、輝男が生まれる前に川嶋で生活を送っていたから、姉弟という実感は薄い。県立水江女学校を卒業し、婿を迎え、四男一女に恵まれている。養父亡きあとは、千代松の口利きで始めた石炭などの燃料店を営んでいる。

長男征男《ゆきお》は頭脳明晰で千代松の自慢の息子であった。県立水江中学（水中）卒業間近、些細なことから次女七重と口論になり、その場に居合わせた千代松の怒りを買い、勘当された。水中も中退。働きながら夜学の早大工手学校を卒業し、満州に渡り、満州製鉄に勤務。大阪出身の八重乃と結婚し、二男二女の父となっている。

次女（佐藤）七重。小柄な身体に利かん気をみなぎらせ、目鼻立ちもはっきりとした祖父喜七似の美形。水江高女の成績も抜群。征男の勘当の原因を作ったことをずっと悔いていた。女学校卒業を待って、家出同然の形で家を離れた。その後、住み込みで働いていたところで知り合った佐藤重吉と結婚。長男誕生後、数年して水江に戻る。三男一女の母。

三女（江川）三千代は、佐和亡き後に乗り込んできた、継母江川タキの連れ子江川清吉と結婚。一男二女の母。継母タキが七重の反抗にてこずったことからか、「女に学問は不要」と小学校だけに留め置き、自分の手元に置いて、家業の手伝いをさせた。連れ子の清吉が小学校卒であることもその理由であったかもしれない。

次男輝男。末子の輝男は、兄や、姉が受けた継子いじめのようなことは余り感じていない。思春期の難しい年頃の兄や姉と違い、幼かったことと、ある程度タキに懐いていたからと言える。大学進学を望んでいた輝男を水江商業（水商）に進ませ、家業を継がせようとしている千代松の意図が見えた時、タキが先手を打った。別のところで奉公していた清吉を呼び戻し、千代松を隠居させたうえ、三千代と結婚させた。事実上旅館業を取り仕切っていたのはタキであったが、千代松は妻の座を与えぬままであったから、「松屋旅館」を実質上手に入れる手段に出たまでのことであったろう。三千代の婿としてではなく、清吉の嫁として、三千代を迎え入れることがその表れである。清吉に旅館を継がせること、千代松隠居のこと、それに伴い生涯、三千代夫婦が、千代松の面倒を見ることなど一筆書かせて収めたのであった。名実ともに、「松屋旅館」は、江川のものとなった。

居場所を無くした輝男は、残された卒業までの数ヶ月、満州にいる征男と連絡を密にして、就職を決め、満州に渡る準備を整えた。輝男は、こうして継母タキとの軋轢《あつれき》から満州へ渡った。

征男、輝男二人が満州に渡ったのには、千代松の弟末吉の存在が大きい。父喜七不在の田之倉の家は、母波麻と千代松が支えた。十歳年下の末吉には、千代松が父親代わりの存在といえた。千代松が近衛兵として出た後は、母と二人で持ちこたえた。

実質上の血筋の安蔵家は、男子長命な家系であったが、喜七はその中では短命の四十九歳、胃癌で亡くなっている。亡くなったのは妾宅であった。妾は、最後まで看病をし続け、看取った。葬儀は田之倉家で執り行われた。葬儀でも涙一滴も見せなかった妻波麻と異なり、葬儀に参列させてもらえず、野辺送りの葬列を遠くで娘と見送る妾は、滂沱《ぼうだ》の涙であった。

父喜七亡き後、気持ちのつっかえ棒が折れたのだろうか、二年後、母波麻が病んで、そのまま長患いすることなく亡くなった。田之倉家の田地田畑は本来なら長子千代松が継ぐところ、早々と末吉に譲っていた。末吉は両親亡き後、今まで持ちこたえた田之倉の土地全てを、安蔵の本家に譲り渡し、松村宿から一切を引き払った。その後、叔父喜八の元に身を寄せ、喜八の元で働く。金庫番まで任される番頭格にまでなった頃、一念発起して、満州に渡った。満州の大連で、地道に会社勤めをし、五十を過ぎる二十年あまり勤め上げた。結婚し、一男一女をもうけたが、娘を産んでまもなく妻に先立たれた。末吉は再婚することなく男手一つで子どもたちを育て上げた。父喜七の家庭をかえりみない姿を、反面教師としてとらえた堅実な生活者だった。

千代松の長男征男が末吉を頼って満州に渡ったときも、親身になって世話をしている。父親代わりに面倒を見てくれた千代松へのせめてもの恩返しという思いがあったに違いない。輝男はその征男を頼って満州に渡った。五年後、輝男は満州から一時帰国し、千代松の取り計らいで、喜八の孫に当たる久美子と見合い。一年後、嫁取りの一時帰国。結婚式を挙げてそのまま、新婚旅行を兼ね満州に戻る。輝男の妻久美子もまた、ここで末吉とつながる。満州へは大連から入った。久美子にとって満州への第一歩が大連で、迎えてくれたのが末吉であった。

「イヤー、輝男の嫁さんが、あの喜八叔父さんの孫で、喜三郎さんの娘さんとはねえ」

と言って歓迎してくれ、新婚の所帯道具のあれこれを揃えてくれたのだった。

輝男と久美子は昭和十七年に結婚。長男拓、次男耕、三男望を伴って、終戦一年後の昭和二十一年八月に引き揚げてきた。文字通りの命からがらの引き揚げであったが、誰一人かけることなく水江にたどり着けたのは奇跡に近い、千代松の再度に亘《わた》る九死に一生を彷彿《ほうふつ》させるものがある。

迎える千代松には輝男一家が幽鬼のような姿に映った。戦災に遭いながらも再建され、細々営業再開していた松屋旅館に着くと、そこには継母タキの姿はなかった。終戦を前に脳溢血であっけなくタキは亡くなっていた。タキ亡き後、名実ともに旅館の主となっていた清吉から、

「ここは江川の旅館であって、田之倉のものではない。戦中戦後の旅館を守りきったのは、おふくろのタキと我ら夫婦。松じっちは隠居の身であり、旅館の身代は、かまどの灰まで我が物である」

と宣言された。千代松の存在があってもなお、松屋旅館は輝男一家の居場所にはなりえなかった。そのうえ、引揚者は、一括して一獲千金を夢見た無頼《ぶらい》の徒、甘い汁を吸った生活者として見られる風潮があった。それが戦後無一文になって引き揚げ、親戚に身を寄せる。厄介者の代名詞のように「満州帰り」と差別的に呼ばれていた。戦後何処も目一杯の生活の中、引揚者は、お荷物以外の何者でもなかったのだ。

それでも、千代松の奔走により、タキの実家の借家に住まいが得られ、時を待たずに勤め先も決まった。これらはタキの実家の力添えの賜物であった。タキとの確執か

ら満州に渡り、辛酸をなめたが、そのタキの恩恵で輝男達一家の未来が開かれた。

引き揚げて四ヶ月、無い無い尽くしの生活だが、少しずつ内地の生活に慣れてきた十二月、叔父末吉が輝男の元に送られてきた。大連から孫と、一緒に連れ立ってきた老婦人の三人である。末吉は、満州に骨を埋める覚悟で、郷里の松村宿から全てを引き払っていたから、頼るところは千代松しかない。松屋旅館にたどり着いたが、輝男の時と同様、旅館の主の清吉から「千代松は隠居の身」ということを理由に、田之倉ゆかりは、輝男の元へ行くようにと言われたのだ。千代松の本意では決してない。確かにタキの思惑絡みで、娘の三千代と清吉を結婚させ、家督を清吉に譲って隠居はした。それでもタキ存命中は、松屋の大旦那として立ててくれていたから、自分の立場がこんなにも脆《もろ》いものとは思ってもいなかった。そのタキが亡くなった今は、清吉の天下になっている。千代松の情だけでは、物事は動かなくなっていた。生活も覚束ない状態の輝男の元に末吉達を送り込むことは忍びないが、仕方がない。松屋に輝男を呼び寄せ、歩けなくなるほど弱っていた末吉を、リヤカーに乗せ、岡崎村に連れて行かせた。輝男は千代松に何の文句も言わず、言われるままに従った。千代松は、旅館を出て行く末吉に、陰から「すまねえ、すまねえ」と手を合わせて拝むようにして見送ったのだった。

久美子にとって、岡崎での暮らしは思い出すのも辛い時期だ。親子五人ギリギリの生活だったところへ、末吉達三人が加わる。毎日が綱渡りの生活。末吉達にも同じようなひもじい生活を余儀なくさせねばならない。してやりたくても「無い袖は振れない」のだ。千代松が時折訪ねてきては僅かばかりの手助けはしてくれたが、それとて、「焼け石に水」。どうにかこうにか凌いでいた。

春まだ浅い四月になって、あまりの暮らしぶりに心痛めていた、一緒に引き揚げてきた老婦人が、

「糸より細い伝手《つて》だけど親類を頼って、和歌山に行きます。一緒に引き揚げてきたのも、何かの縁、末吉さんとお孫さんも、今度は私が連れて行きます」

「貴女がいなかったら、末吉さん達も、生きて戻れなかったと思います。ほんとにお世話になりました。恩返しの一つもしてあげられず、申し訳なく思っています」

「このままでは、縁も血のつながりのない私までお世話になるばかり。かえってご迷

惑をおかけいたしました。どうぞあまり気を遣いませんよう」

と言ってくれたのだ。久美子にはどんなにか有り難い申し出であったろうか。ようやく旅に堪えられる体力が戻った末吉は、千代松、輝男に見送られ、水江を旅立った。

これが、末吉との永遠の別れでもあった。

☆　☆　☆

松じっちが来て二ヶ月余りが過ぎた。松じっちがいることに慣れ、それが当たり前の生活になっていた。生活パターンも落ち着いてきた。冬に入り、何時しか拓は炬燵の部屋のわずかなスペースに布団を敷いて眠り、悠は松じっちと一緒の部屋に寝ていた。松じっちの布団には、行火《あんか》や湯たんぽが入れられていて温かい。

「おめえはほんとに寝相が悪い。俺が何度も布団をかけなおしてやってんだぞー」

「そんなこと言ったって、寝てるときは何も覚えちゃいないもん。でも、おじいちゃん、ありがとね」

松じっちと一緒に寝るにはもう一つ特典があった。湯たんぽのぬるくなったお湯で、朝顔を洗うことができたのだ。

「ハルは、狡い、俺にも使わせろ」

と、望が時々悠を小突く。泣き虫の悠が大袈裟に痛がったり、泣いたりすると、

「おめえは男だべ。そんなことで、妹泣かすな」

と、いつも悠の味方をしてくれた。

松じっちは、悠にそれまで見たことや聞いたことがないような、いろんなことを教えてくれる。これもその一つ。

八十を過ぎれば「後家殺しの松」と言われるような女遊びからは卒業している。盃一杯、奈良漬け一片で、真っ赤になり、フーフー言ってしまう下戸《げこ》の千代松の楽しみと言えば、煙草である。ある日、松じっちが背中丸めて何やら手仕事に励んでいた。悠がそっと近づいて背中越しに覗いてみると、おもちゃのような道具に取り組んでいた。

「じいちゃん、何してるの？」

「びっくりしたぁ。おどかすでねえ」

気配に気づかなかったのか、びっくりした顔をした後、声を潜《ひそ》めて答えた。

「これはなあ、本当はやっちゃいけないことなんだから、内緒にするんだぞう」

紙巻きたばこを作る道具だった。旅館業をやっていたので、たくさん残された客の吸いさしを集めほぐし、薄い紙にそれを乗せ、海苔巻のようにクルクルと巻いて、紙巻き煙草の再生を図るという代物だった。多分、戦時中にこうした道具が工夫されたのだろう。戦後も十年余り経って、煙草も出回っている今、もう出番はないはずと思われるものだったが、千代松の手の中では現役だった。キセルも、刻み用もあれば、紙巻き煙草用もあり、パイプや、直に吸うこともある。その時の気分で使い分けしているのは分かっていたが、まさか、煙草まで手作りとは、悠は思いも及ばなかった。


千代松が悠達の家に逗留《とうりゅう》して三ヶ月余りになる。

十二月十七日は、拓の誕生日。輝男の家では、いつも、誕生日の前後の休日にお祝いをする。誕生日のご馳走は餃子と決まっていた。

朝から父輝男が餃子の皮作り。粉を耳たぶぐらいの硬さになるまで捏《こ》ね、一旦濡れ布巾に包んでねかせる。小分けしたものを棒状にのばし、「ちんぽの輪切り」と、いつもの冗談を言いながら、ちょんちょんと輪切り。それに打ち粉をしながら、真ん中が少し厚くなるように、麺棒をくるくる回して丸く引き伸ばす。こうして百個以上の皮を作り上げるのだから一日仕事になる。

母久美子が具を作る。豚のひき肉に、野菜は白菜のゆでたものを固く絞ってみじん切り、それに、葱、ショウガ、ニンニクなどのみじん切りも加え、醤油に、ちょっぴり贅沢に酒と胡麻油も振りかけて、粘りが出るぐらいよく混ぜる。

具の入ったボールを真ん中において、家族そろって餃子包みに取り組む。満州仕込みの包み方である。皮に具を乗せ、まず真ん中をつまむ。両脇から真ん中に寄せて、ひだを折りたたむ（現在よく見られる片ひだとは異なる）。父母の包み方の見様見真似で、子ども達もまがりなりにも包める。

「そんなんじゃ、具が多すぎる」

「そのひだの寄せ方じゃ、すわりが悪い」

家族総出のワイワイがやがやの賑やかさ。いつの間にか百個余りの餃子が勢ぞろい。

千代松は、こうした騒ぎを遠目に興味津々の面持ちで眺めていた。

お湯を釜一杯沸かし、そこにポトン、ポトンと一回に二十個ぐらい落とす。浮き上がってきたら網杓子で掬い取る。水《すい》餃子であった。茹で上がった餃子は、大根おろしに酢醤油で食べる（餃子の皮が市販され、一般家庭で焼き餃子として食べるようになったのは、これより後のことである）。松じっち用には、白いご飯と刺身も用意された。

誕生会は餃子だけではない。その後がある。お祝いに、それぞれの得意技を披露する。輝男の尺八が飛び出すこともあれば、拓や耕の独唱もある。望はよくハーモニカを吹いた。悠は童謡のときもあれば、歌謡曲のときもあるが、今回は、「りんごのひとりごと」をみかん箱の上に立って歌った。

♪私は真っ赤なりんごです
　お国は寒い北の国………

聞いていた千代松が突然思い出したらしく、

「そういや（そういえば）、輝男も歌は上手かったなあ。いつだったか、学校の学芸会かなんかで代表して独唱したことがあった」

「あんときのことはよく覚えてる。壇上に立って礼をしたら『輝男おーおー、がんばれー』って、親父が大きな声で掛け声上げてさ。こんなとこに親父は来たことなかったから、俺はびっくりするやら、嬉しいやら、恥ずかしいやらで……」

「拓兄ちゃんも上手いよ。六年生のとき、東京まで行って、合唱コンクールにでたもん。ボーイソプラノで、ウィーン少年合唱団のようだって、音楽の先生に褒められたってさ」

悠は自分のことのように鼻をピクつかせて言い足した。その拓は、変声期を迎えてボーイソプラノからは遠のいていた。

「音楽の素養は佐和からのものかもしれねえなあ。征男に、当時としちゃモダンな楽器の、マンドリンなんか買って弾かせたりしてたもんなあ」

千代松はしんみりした声で、続けて語り始めた。

「輝男はいい家庭を持ったなあ。俺はおめたちにこんなことしてやったことがねえ」

「旅館商売していたんだもの、家族孝行なんか、やれなくて当然だろ」

「それはそうだけんど。おめえのおっ母様の佐和には苦労ばかりかけた。俺がかか様をないがしろにする親父を見ていて、あんな父親にだけはなるまいと思ったのに、実際は親父とおんなじことをしていた。佐和が亡くなった後も、タキを家にいれ、それで一家をバラバラにしちまったし。征男もおめえも満州へ行くことになった。久美ちゃんも輝男と結婚したばっかりに、満州まで行って、その後の引き揚げ、苦労をかけた。ほんとすまねえ」

「親父、ものは考えようだよ。こうして美味い餃子が食えるのも満州に行ったからだし。親父様譲りの体力気力の賜物で、引き揚げも、皆無事で帰れた。内地で生まれた悠も含め、いまこうして健康で過ごせているんだ。すまながることはないよ」

「そうか、そう言ってくれるか……。俺はこんな楽しい誕生会は初めてだ。輝男んとこに来て、ほんとよかった」


程なくクリスマス。終戦時からの栄養失調が身にこたえていたのか、輝男は引き揚げてすぐに住んだ岡崎村でも、鶏やウサギを飼い、岡崎から石川町に引越し後は、ヤギも飼い始めていた。

「なんで、耶蘇《やそ》のお祭りなんぞに、日本人が大騒ぎするんだか……」

松じっちは、はじめのうち不満気にそう言っていたが、トサカの萎《しお》れた鶏を食卓に乗せる手筈になっていること、内臓は、自分の好物のモツ煮できることに、不満は一挙解決。やたら張り切って、手慣《てな》れた手つきで、鶏を潰し、捌《さば》いた。

「トサカもうめえんだぞう」と舌なめずり。おまけに「この糞をする尻の回り（ボンジリ）も乙なもんなんだ」という。そのうえ、ポッピーを見ながら、

「赤犬もうめえんだと。それに、寝ションベンにも効くって聞いたことがあるなあ」

意味が分かっているのか分からないが、ポッピーは、尻尾を下げて台所からそそくさと姿を消した。何処までも松じっちは野生児の匂いを残している。

内臓を抜かれ、羽をむしられ裸んぼうになった鶏は、久美子の手で、油を掛けられながら、揚げられた。これが子ども達のクリスマスのご馳走だった。ケーキの代わりは、ヤギの乳と卵で作られるドーナッツ。茶飲み茶碗とビンのふたの二重の円でドーナツ型に抜き、ふたで抜かれた小さな丸は、まん丸ドーナツになる。誕生会同様、ご馳

走の後は、のど自慢大会状態になった。

クリスマスが過ぎれば年末年始の支度になる。引き揚げてきたばかりは無い無い尽くしの生活が続いたが、少しずつ、おせちらしい用意ができる暮らし向きになっていた。久美子はおせち作り、子ども達は窓拭きなどの大掃除の手伝い。輝男は障子の張替えに精を出す。二十八日には、引き揚げて初めて餅を搗《っ》いた。近所から杵、臼を借り、一臼だけだったが、搗いて鏡餅と伸し餅にする。悠達にとって、つきたての餅を、大根おろしに付けてすすったり、ぺったんぺったんの音、間合いを見計らって水を付けて餅を返す仕草、全てが物珍しく、心が浮き立つものであった。

三十一日の大晦日は、年越し蕎麦を食べ、紅白歌合戦をラジオで聞くのが習わしだ。この日ばかりは八時過ぎまで起きていても、文句を言われない。張り切って聞いていたのに、悠は睡魔に負けて終わりまでは聞けなかった。

昭和三十一年、松じっちと共に迎えた新年だった。おせちに、お雑煮、穏やかで日本の正月を実感する年明けとなった。

年末から切れ目なくイベントが続く。一月三十一日は望の誕生日。二月十一日は、久美子の誕生日だった。この日父輝男は小さな包みを携えていた。

「これ、本当は結婚記念日の一月十七日に渡すつもりだったけど、誕生祝いを兼ねて今日にした。丁度水晶婚の結婚十五周年記念だし、誕生石が紫水晶だからこれにしたよ」

小さな包みは、アメジストの指輪だった。その包みを神棚に上げ、久美子はじっと手を合わせて涙しながら呟いていた。

「満州から引き揚げる時、貴金属は持ち出し禁止だった。だから、黒ダイヤの婚約指輪も、プラチナの結婚指輪も、兄からもらった結婚祝いの真珠のネックレスも、みんな、みんな泣きながら置いてきた。もう二度とこんなものは手にできないと諦めていたのに……」

涙は、痛い時や、悲しい時、辛い時、悔しい時だけに流すんじゃないんだ。嬉しい時の涙もあるんだと悠は初めてみる気がした。そして、嬉し涙の母の姿は、まるで女優さんみたいに綺麗だと思った。

三月十四日は悠の八歳の誕生日。

そして、四月一日は、松じっちの八十七歳の誕生日。数え八十八の米寿の祝いになる。松屋旅館で親子孫揃って盛大なお祝いを予定されていたが、千代松が松屋を出ている今、輝男たち姉弟が集って、親子だけの小規模のお祝いをすることになった。輝男の家ではなく、鰻料理で有名な中川楼の二階の一室を貸切り、千代松、長女の秀、次女の七重、三女の三千代、次男輝男が揃った。長男の征男に連絡は取ったものの、昭和二十三年に満州から引き揚げて、水江の千代松のいる松屋旅館を頼ったが、居場所がないと悟った征男は、即刻、大阪に移り住んだ。それ以来、声をかけても顔を見せたことはない。

長女の秀が口火を切った。

「まずは、親父様の米寿を祝って、乾杯」

「いやー、ありがてえ。こんな席を設けてくれて」

「おじいちゃん、本来なら松屋旅館でお祝いできたら良かったんだけど、今あちこち改装してるし、寿司屋も併設したばかりで、なにかと気忙しいから、ここでごめんなさいね」

「いや、なに、かまいはしねえさ」

三千代と千代松は、まだお互いギクシャクした会話になっている。三千代は軽くお祝いの膳に箸を付けるとすぐに、開業したばかりの鮨屋の鮨折りを土産にと置いて、そそくさと帰っていった。残った四人で祝いの膳を囲んだ。

「征男にも困ったもんだねえ。姿を現すぐらい、いいのにね。もっとも、引き揚げて身を寄せようとしても、あの清吉の『ここは江川の家。親父さんは隠居の身、この松屋はかまどの灰まで我が物です』と宣言されちゃ、居場所はないわねえ。すごすご嫁の実家の大阪に行くしかなかったものね。三千代も間に挟まって辛かっただろうよ。今回だって、清吉が松じっちと大喧嘩したばっかりに、三千代も居心地悪かったんだろうね。こんな祝いの席の数時間、三千代が抜けたってどうってことないさ。旅館が忙しいは口実だよ。そうそう、そういえば、大喧嘩の原因がこの鮨屋開業だっていうじゃないか」

鮨折に目をやりながら、千代松に問いただすように秀が言った。

「そうなのか？　何で急に俺のとこに来たのか、俺はなにも聞いていなかった」

「何だ、輝男は知らなかったのかい。松屋の裏通りに鮨屋を出して、道路側からも、そして、旅館側からも鮨を食べることができるような仕組みの店にしたのさ。親父様はこの出店に反対したそうだね。でも、親父様を目の前にして言うのもなんだけど、この勝負は清吉に軍配が上がる。旅館の賄いだけじゃなく、鮨も食べたいというお客が結構いて、出前を取ることも、出掛ける必要もなく館内で食べられるって、評判になってるそうだもの」

「俺は鮨屋なんてえのは、まだ時期尚早だって思ってた。だから反対したんだ。そんなに評判になり繁盛するとは俺は思わなかった。俺がいなくなって、清吉は結局自分の意思を通したんだなあ」

「親父様、戦後十年、朝鮮戦争からこっち、景気の良い輩《やから》も増えたんだよ。将来を見通す目、商いの目利きは、清吉の方が数段上だわね。もともと旅館業のことは、親父様の出る幕はなかったじゃないか。おっ母様や、おタキに任せっきりだったんだから。今更何よ、て言われて当然だよ」

確かに、商売に関しては、ほとんど千代松は手を出していない。千代松が常磐炭坑で働いていたことがあり、燃料調達が有利だったことから、佐和が手内職の仕立てで貯めた小金を元手に銭湯業を始めた。場所が良かったこともあり、芸者衆が通う湯屋として評判が立った。芸者衆とのつながりが、料亭や旅館組合につながった。銭湯業からやがて旅館業へと切り替えたのだ。佐和亡き後は、入り込んだタキの手腕で、より繁盛した。戦時中も県庁、市役所、地方裁判所など官公庁が近かったこともあり、旅館としての体裁は保たれていた。終戦間近には、空襲の恐れをいち早く察知し、郊外の知り合い宅に主な什器類や、布団などを疎開させておいた。水江も空襲で焼け野原になったが、戦後すぐに旅館業を再開できたのも、そうした察知能力と機転が利くタキの恩恵による。旅館再開を見ることなくタキは亡くなったが、清吉がしっかりタキの後を受け継いでいた。先見の明と、商才は遺憾なく発揮される。いち早くテレビを待合室に設置したのも、便所を水洗式にしたのも、その表れといえよう。それが館内に寿司屋を出すということにもつながっている。

「まあそう言われちゃ、身も蓋もねえが。俺も短気に家を飛び出したりして、面目ねえ。それでも、商売繁盛は何よりだ」

食事が済んで、祝いの雰囲気から、思わぬ方向へと話が流れていく。

「大体、親父様が全て私たちの運命を狂わしたんだよ」

それは、長女の秀だけが言える言葉であった。三千代がいなくなった後は、千代松にとって痛い話が取り出され、次々と悪行が語られていく。

「親父様が家にも寄り付かないでふらふらしてるから、おっ母様が女手ひとつで必死に生活切り盛りしてさ。お陰で私は、喜和伯母の元へ養女に出されて川嶋を継いだ。喜和おっ母様は、士族の出を誇りとし、気位高くてしつけに厳しかった人でねえ」

「伯母さんだけじゃないよ。おっ母様もそうだった。没落してても士族は士族。多分親父様との結婚も、親父様が近衛兵だったからじゃないかねえ」

と七重も続けてもの申す。

「そうかもしれないね。婿に入った川嶋のお父つぁんも、ただの大工と違って宮大工だったし。その、お父つぁんにしても頑固で気難しい人だった。機嫌の良いとき、『俺は常磐神社の鳥居をはじめ、神社の造営に携わった』とよく自慢していたっけ」

「へえー、宮大工と聞いてはいたが、常磐神社に関わっていたんかい」

輝男は初めて聞く話だった。

「喜和おっ母様は、子どもがなかったからか、子どもらしい我儘、甘えは許さなかった。きつく言われるたびに、私は口減らしに捨てられたんだって思って、親を恨んだもんさ。松じっち、分かってるの？」

「でもね、お姉ちゃんも知ってのとおり、きついのは喜和伯母さんばかりじゃなかったじゃないのよ。私たちのおっ母様も厳しかった。私たちが小さい頃は着物の仕立で暮らしを立てていた。いつ寝てるのか分からないくらい、いつも縫い物してた。甘えたくて膝元に寄ろうものなら、物差し片手に、『よそ様の反物汚す』っておっかない顔で睨まれてさ」

「そうそう、そうだった。そんな暮らしを見かねて、征男が生まれたのを機に、喜和伯母さんが、私を養女にしたのかもしれない」

「おめえを養女に出したのは、子どもがいねかった義姉さんのたっての頼みであって、おめえのおっ母さんも承知のことだったはずだよ。跡継ぎの征男も生まれたことだ。暮らし向きの手助けになるから口減らし、なんていうそんな思惑で動いたわけじゃねえ。今更だけど、おめえを傷つけていたとしたら、それはほんとに申し訳なかった。俺は、おめえが義姉さんの家で暮らす方が、ずっと余裕ある暮らしができて幸せだろうと思っていた」

「生活そのものは、一人娘としての暮らしだったから、贅沢とまではいかないまでも、ゆとりあることは確かだったよ。でも、金銭的なことばかりじゃないだろうさ」

「そうは言っても、私は私で、秀姉ちゃんが羨ましかった。いつも綺麗な着物着て、お稽古事もいっぱいやっていて、あの頃は珍しかった女学校にも通わせてもらっていたし」

「そうさねえ。でもおっ母様は、女学校には、七重も通わせたじゃないか」

「そう、『これからの女は、手仕事だけじゃなく、勉強して見聞を広げるべし』が、おっ母様の持論だったからねえ。もっとも、おっ母様の思惑どおりになったかと言えば、どうかなあ。女学校卒が良かったか、役立ったかは一概には言えないけどね。女一人が働こうとすれば、かえって女学校卒の自尊心を傷つける職場にしか巡り会えない。住み込みで働き出したときは、女学校卒は隠して、小学校卒として働いたものよ」

「いずれにせよ、輝男とは、兄弟であっても、生まれた頃には私は実家にいなかったわけで、姉弟としての暮らしはなかったしね。まあ、七重や三千代は、同じ女姉妹。年の離れた男の輝男とはまた違った存在だったとも言える。とはいえ、兄弟姉妹の濃い感情があるかと問われれば、一緒の生活がない分、正直、ないかもしれない、と答えるしかないね」

姉たちの真正直な会話に、末息子の輝男は口を挟む余地はない。本音で語る娘たちを前に、首うなだれて聞く千代松同様、輝男はただ黙って聞くしかなかった。さらに娘たちの口は踊る。

「おっ母様がそうして寝る間を惜しんで私たちを育てている頃、親父様は、フラフラと、あっち行きこっち行きで、帰ってきては子どもこさえて、また出かける。職業も次々替えてさ。そういや、常磐炭鉱で働いてたことがあったね」

「おめえが燃料店で商いしていられるのも、俺がそこで働いてた関わりからじゃないか。佐和も商売の手始めはお湯やだった」

「そう、そう。それでこつこつお金ためて、銭湯業から旅館に切り替えて、ようやく松屋旅館として軌道に乗り、これからだって時、おなかに赤んぼいるのに無理したんだよねえ。腹の子は死産で、おっ母様は産後尿毒症で亡くなった」

「俺はそのときまだ五歳になったかならぬかで、お袋の顔も覚えちゃいない。一緒にお風呂に入ったことがあったなあってことを、微かに覚えているぐらいだ」

「そうか、輝男にとっちゃ、おっ母様は、物心付いた時はもういなかったんだねえ」

「おっ母様が死んでしばらくして、私たち娘も再婚相手として許せる人も決まって、ヤレヤレと思っていたら、あのおタキが詰め物のボテ腹で『この子どうしてくれるのさ』って現れて居座った」

「俺だってビックリよ。まんまと欺された」

「親父様は呑気にそれですますことができたから良いけれど、私たち子どもはそうは行かない。みんなそれぞれ、親父様の自分勝手なお気楽さで、運命を狂わされたのよ」

「そう言われれば、俺も、もしその姉貴達が認めた再婚相手が継母になったとしたら、また違った生活になっていたかもしれないなあ。そしたら、満州なんかに行かなかったかもしれない。けれど、そうなったらなったで、俺の同級生のほとんどが、激戦の南方（レイテ島）に出征し死んでいったように、俺もまた、彼の地で敢えなく戦死、という運命だったかもしれないし。何が良くて、何が悪いかなんて、分からないもんだよ」

「そうさ、ものは考え様だな……」

千代松はここでも呑気に娘たちの口檄《こうげき》を躱《かわ》す。

「俺には、おタキさんがそう悪い人だったとは思えないし、育ててもらった恩もある。それになんて言っても、引き揚げて、住むところも仕事もなかったとき、おタキさんの実家の力添えで両方叶えてもらったこともある。一概に悪い縁と言い切れない。全ては、なるようにしかならないのが運命なのかもしれないな」

輝男のこんなつぶやきは、姉たちの父千代松への憤りに影が薄い。口檄の礫《つぶて》は、もっぱら継母タキに当てられている。タキと千代松の出会いはこうだった。

継母タキは、岡崎村では「ターぼ（坊）やん」として名の通った存在であった。坊

あとがき

『凜花』を出版して五年余り、今回『凜花』の中の輝男の言葉（P40）「長編小説の一、二篇が書けるぐらい数々のエピソードの持ち主」を受けて、田之倉千代松物語を綴ってみようと思った。『凜花』同様、事実に基づいた家族史（ファミリーヒストリー）となるが、小説化したものである。

千代松の二度の戦争における「九死に一生」があり、輝男、久美子の命がけの引き揚げがあって、悠が存在する。その存在は、延々と続く血脈であり、天文学的出会いと生命のつながりといえる。

現在も続く、ロシア侵攻によるウクライナ、ガザ地区の戦争は、日常の平安と、命の大切さがないがしろになっている。戦争は誰も幸福にはしない。「ごっこと違って、一度死んだら、二度と生き返らないんだぞ」の千代松の言葉をかみしめたい。一日も早く戦争が終わることを願ってやまない。

二〇一七年に母（作中・久美子、享年九十四）、二〇一九年に父（同・輝男、享年一〇一）、二〇二一年に次兄（同・耕、享年七十六）が亡くなる。この物語の中に、生きた証が留まることを願い、祖父（同・千代松）の話を共に聞いた次兄を偲んで、上梓に至る。

二〇二四年　令和六年

香田円

著者プロフィール

香田 円（こうだ　まどか）

1948（昭和23）年生まれ。
茨城県出身。
茨城大学卒業。
神奈川県在住。

■著書
『始まりは秋』（2004年、佐伯啓子名義、私家版）
『凜花　心情（こころ）はいつも小公女』（2019年、文芸社）
『散り紅葉　―雪月花―』（2023年、文芸社）

風に乗って　「凜花」異文　―田之倉千代松行状記―

2025年２月１日　初版第１刷発行

著　者　香田 円
発行者　瓜谷 綱延
発行所　株式会社文芸社
〒160-0022 東京都新宿区新宿1－10－1
電話 03-5369-3060（代表）
03-5369-2299（販売）

印刷所　株式会社晃陽社

ISBN978-4-286-26111-9

がつくぐらいの、はねっかえりであった。豪農の「銀杏屋」の長女として生まれたタキは、女ながらも豪胆で、派手好き。幼いころから、太っ腹で、面倒見が良いので、女ガキ大将として野郎共の上に立っていた。六歳六月からの習い事も、お琴やお茶、お華といったものには見向きもせず、三味線、太鼓といった音曲を好んだ。これら音曲は、付随した端唄、小唄、長唄も含め、玄人筋の芸者衆が出入りする場での修行となる。その場には、旅館、料亭の旦那衆や数寄者も顔を出していた。タキは、その旦那衆の中の一人、料亭「江川」の若旦那清之助に見初められた。腹に子ができた時点で、料亭に入り込んだが、親からは、なかなか認められなかった。長男の清吉も生まれ、その居場所ができたかと思われたころ、清之助の遊び好きの虫が蠢《うごめ》きだし、呑む、打つ、買うの三拍子で、散財。料亭の身代まで食い荒らし始めると、親から、身代は次男に譲ると言い渡され、清之助は勘当。タキ、清吉、共々身包《みぐる》み剥《は》がれての追放となった。時を同じく、千代松が小唄を習いに、お師匠さんの元に出入りしていて、タキの馴れ初めから勘当までの経緯を知っていた。勘当後、タキに仲居としての働き口を世話してやったのは千代松だった。貧乏暮らしに自棄《やけ》になった清之助が身体を壊して亡くなった。未亡人になったタキに「苦労するねえ」と荒れた手を擦りながら、優しい言葉をかけ慰める。「後家殺しの松」の異名もある千代松。いつしかタキと懇《ねんご》ろになっていた。

その頃松屋旅館を取り仕切っていた妻佐和が、死産の挙句、産後尿毒症であっけなくあの世に旅立った。知り合いの世話で、後添えに来てくれる人が現れ、やっと一息つけるかというとき、再婚を聞きつけたタキが腹を突き出し「この子どうしてくれるのさ」と現れたのだ。再婚話はご破算。タキはそのまま「松屋」に居座る。もともと料亭にいた身。旅館業は滞りなく繁盛。いつの間にかタキが采配を振るっていた。乗り込んで居座った後は、タキの思惑通りに事を進める。思春期真っ盛りの征男は、タキとことごとくぶつかった。その確執のはて、征男は、叔父の末吉を頼って満州に行く羽目になった。そのきっかけを作った七重も女学校卒業してすぐに、家出同然、着の身着のままの形で家を出た。

「何があっても、七重は家を出るこたぁなかったんだよ。おタキの思う壺だったじゃないか」

「そうは言っても、あの頃の私は純情一途だったのよ。松屋旅館を出すのに苦労をしていたおっ母様をみていたから、ヤドカリみたいに、出来上がった旅館に嘘までついて入り込んできたおタキを、私は絶対許せなかったし、認めたくなかった。親父様だって籍を入れなかったのはそれなりの思惑があってのことだったんでしょ」

「まあなあ。俺は田之倉の家を守らねばならない立場だった。おタキの家も豪農には違えねえが、それはそれ。三度目の結婚は籍を汚すように思えて、そんなことはできねえと。つまらぬ見栄かもしれないが……」

「それがおタキの心を傷つけたんだね、きっと。妻になれぬのなら、なんとしてもこの旅館の女将になってやると決めたんだろうね。私は私で、優秀だった征男兄さんが、親父様から勘当を言い渡されて、家を出て、中学も中退してしまった。その原因は私との喧嘩だったんだもの。おっ母様が生きていれば、喧嘩もすぐに丸く収めてくれたろうに。おタキは、火に油を注いで煽るようにした。親父様は、まんまとタキの手玉に踊らされて、征男兄さんを勘当まで追い込んだ。あの時、もっと冷静に親父様が対処してくれたらと、思わなかったと言えば嘘になる。それを思うと、やっぱり私だけがのうのうとは、生きられなかったのよ」

「どれほどの覚悟があったか知れないけれど、女学校出てすぐに家を出た結果が、あの重吉との結婚かい。お前のほどの器量よしで才覚があったら、どんな玉の輿にでも乗れたものを。お前の生き方は、まるでおっ母様の二の舞を見る思いがするよ。そりゃ、重ちゃんは、人はいいかもしれない。耳触りのいい優しい言葉はかけるかもしれない。でもそれだけ。女好きで、仕事もふらふら。全く親父様そっくりじゃないか。今だって写真館に勤めていても、万年助手。結局お前だけが働き詰めで、苦労ばかりかけられてるじゃないか」

姉秀の言うことは、当を得ている。七重が家を出て落ち着いた先は大阪であった。ぽっと出の娘に、そう容易《たやす》く仕事が見つかるはずがない。小学校卒と偽って、料亭の住み込みの下働きとして、潜り込んだ。その料亭に、幇間擬《ほうかんもど》きに出入りしていたのが、重吉だった。

手踊りも奇術も小器用にこなし、場を賑やかにすると重宝がられていた。もとよりそれは本業ではない。その場しのぎの稼ぎであった。おぼこな娘には、華やかな姿しか目に入らず、重吉がよい男に見えたとしても仕方なかったかもしれない。そんな重吉が、客にもらったと言って、七重にお菓子の包みを渡したり、「頑張りなさいよ」などと声をかけたりした。七重は初めて一人になったのだ。いくら気が強いとは言いながら心細さは常にある。そんな小娘を落とすのに時間も、手間もかからなかった。子どもができて、住み込みはままならず別所帯をもった。重吉は相変わらず定職を持たない。女遊びも相変わらずだった。乳飲み子を抱えていては、働き稼ぐこともままならない。辛抱も限界だった。別れる前提で、最後通牒を突きつけたつもりだった。

「子どもを連れて水江へ戻る」

と言ったところ、あに図らんや、重吉までもついてきてしまったのだ。そんな七重を不憫がり、千代松は、タキの目を盗んで、七重のために奔走し、どうにか一家で生活が成り立つように力を尽くした。

「秀姉ちゃんの言うとおりだけど、水江に帰ってからは親父様の世話にもなったし、秀姉ちゃんのように、強くばかりは言い切れないわよ。それにしても、どうしてこうも同じ道を歩むことになるのかねえ。今更ながら、おっ母様の気持ちがよく分かるよ。

それもこれも定めなんだろうか……」

「俺だって、親父様の二の舞は踏むまいと思ってたんだ。おめえ達のおっ母様の佐和には苦労かけどおしだった。すまねえと思いはあったけんど、やっぱり親父様とおんなじことを繰り返している。これは業《ごう》だなきっと。おタキのときも、まさか、ああして乗り込んでくるとは思わなかったしなあ。身に覚えがあるから、腹の子を見殺しにはできねえと思ったしよ。まさか作り物とはな。タキの手玉にのせられて、情けかけたが運の尽き。化けの皮が剥がれて尻尾が見えて、おタキの嘘はばれても、全ては後の祭りよ。もう引き返しはきかねえ。それでも、おタキは店の切り回しは上手かったし、佐和の時以上に商売は繁盛したしで、これでいいかと思ったんだ」

「そうだよね。親父様は、店の内情なんかトンと知らない。全てあのおタキが取り仕切っていた。だからこそ、おタキは連れ子の清吉と三千代を結婚させたうえ、親父様を隠居させた。私に言わせりゃ、乗っ取ったも同然だよ。輝男もそうなりゃ、あそこに居場所はないわなあ。お前まで家を出て、満州まで行っちまうなんて」

タキ関わりの三千代が座をはずしていたから、今までの鬱憤《うっぷん》が噴出したかのように、次々と姉たちは遠慮会釈なく千代松に詰め寄り、千代松に剣先を突きつけた。

「末吉叔父さんの時も、松じっちは冷たかったねえ。征男も、輝男も、満州くんだりまで行ったのは、末吉叔父さんを頼ってのことだったろうに」

「親父様は男には薄情なのさ。女には血のつながりなんてあってもなくてもかまわず、親父様の言う『情け深え』施しをする。単なる気まぐれであっても、女はつい本気にさせられる。親父様の自分勝手の思いと行動が、周りを振り回す。諸悪の根源は親父様よ」

「イヤー、ほんとにすまねえ、これこの通りだ」

と言って千代松は手を付いて頭を下げた。これまでこういう機会がなかった。娘たちの本音の言葉と、そうなった舞台裏の事情を初めて気づかされていた。

「芝居がかったことはやめて頂戴。今更謝られてもね。でも、これだけは言える。親父様がいて、私たちをこの世に送り出してくれ、子どもや孫に血のつながりを残してくれている。

惚《ぼ》けもせず、元気でいるからこそ、嫌味なことも言えるというもの。親父様、これからも長生きして下さいな。今日は米寿のお祝いであるんだから」

「すまねえ。すまねかった」

と涙を流しながら繰り返し千代松は呟くのだった。

もらい泣きしながら、秀が声を改めて千代松に言った。

「そうそう、隠居するときタキと交わした約束事があったはず。親父様のことは、生涯面倒見ますって一札が入っていたはずだよね。そろそろ潮時だよ。これ以上輝男のとこに居続けたら、帰るきっかけを失う。今日をいい機会として、松屋に戻ること考えなさいよ」

「そうそう、それがいい」

娘二人の説得に耳を傾ける千代松の姿があった。末っ子の輝男はただ黙って聞いていた。

新学年が始まり、悠は三年生になった。新校舎建設が遅れ、まだ遠い学校に通っていた。

「ただいまあ、じいちゃん散歩……」

「行こう」の言葉は途切れた。来た時と同様、突然、今度は松じっちの姿がなくなっていた。

悠が学校に行っている間に、千代松隠居の際に取り交わされていた約束を知っている長老たちが、三千代の夫の江川清吉を伴ってやってきた。とりあえず、清吉が手を付いて詫びを入れる形で事を収めた。手打ちが済むと、つむじ風が通り抜けるような素早さで、火鉢だの煙草盆だの徐々に増えていった家財道具と共に千代松は去っていった。悠にとっては、気紛れな春風に乗って行ってしまったかのように思えた。

松じっちが松屋旅館に戻って程なく、オルガンが、悠の元に届けられた。松屋の一回り以上も年の離れた従姉妹たちが使って、もう用済みとなって納戸に眠っていたものだ。

「悠に、遅ればせながら誕生日のお祝い」

と言って千代松が届けさせたものだった。足踏み式の、学校のものよりは一回り小さなオルガンだったけれど、目一杯踏み込んで、習いたての、耳で覚えていた「春のおがわ」、左手でドソミソドソミソ、右手でミソラソミソドドと弾いた。定番の「猫踏んじゃった」も指使いなんか滅茶苦茶でも音が出た時、それは嬉しかった。オルガンは悠の宝物になった。

悠と一緒に聞き役だった耕にもご褒美がもたらされた。千代松の取り成しで、松屋旅館の待合室に置かれたテレビを見てもよいと許可が下りたのだ。これまで、ラジオにかじりつくようにして聞いていた大相撲。耕は、力士一人一人の出身地から、所属部屋、得意技、全てを記憶するほどだった。栃錦や、若乃花、そして郷土力士の大関大内山の活躍を見ることができるのだ。客の邪魔にならないことの条件付きだったが、学校から帰ると、子ども用の自転車で二十分以上かかるのもなんのそので、場所中継のある日は連日のように、松屋詣《もう》で。松じっちに挨拶すると、そそくさと、待合室に向かってテレビ観戦。聞くと見るとは大違いのところがある。力士、行司、その動きひとつにも驚きと感動があった。帰宅すると実況中継よろしく、悠に逐一報告するのが常だった。その日、耕はいつも以上に興奮した顔で言った。

「ハル、すごいもの見たぞ。太《ぶ》っとい金の指輪をはめたおっちゃんが、相撲見ながら寿司を注文して食ってた。寿司って言ったって、俺らが食う、いなりずしや、かっぱ巻き、かんぴょう巻き、うちで作る五目ずしとは違う。握り寿司ってえやつ。俵型の小さな握りの上に、いろんな魚の切り身が乗っかってるんだ。そのおっちゃんが『オーイ、生エビ』て言ったんだ。どんなものが出てきたと思う。生エビだぞ。薄べったい赤縞模様のエビじゃねえ。殻剥きたての、透明なプリプリの身で、まだピクピク動いているようなやつ。それを一口で放り込んで食ってやがんの。うまそうだったなぁ」

耕の言葉からも、待合室のテレビ、館内でも食べられる寿司店、清吉の商才が明らかに示された面目躍如の光景だった。

松屋旅館に戻って五ヶ月余り。久しぶりに松じっちと一緒に行動する機会が巡ってきた。松じっちから父輝男に、千代松の出所、松村宿石神の墓参りに連れて行って欲しいという声かけがあったのだ。秋の彼岸の中日に、輝男が運転する三輪トラックで、家族総出で行くことになった。

帽子に杖とすっかり用意できた松じっちが、松屋旅館の玄関先に待ち受けていた。やってきた輝男に大きな声で言った。

「遅い。日が暮れちまう！」

「大丈夫だって、車だから石神まで、ものの一時間もかからないよ」

松じっちの頭の中は昔の歩きの旅のイメージしかないらしい。三輪トラックの荷台に座布団と毛布を敷き詰めて家族が座り込んだ。まだ舗装もされていない田舎道を走る。時折窪みに身を躍らせながら、ピクニック気分の悠達同様、千代松も辺りの景色に目を細めながら結構楽しんでいた。程なく石神に到着。

「もう着いたんけえ、ええ早かったのう」

松村宿にある田之倉家と、実質上の実家、安蔵家の菩提寺は、八百年も続いた古刹《こさつ》で、慶大教授が調査したことがあるという墓地の門柱が残されている。田之倉の墓は、既に千代松が水江の郊外の常歓寺に移していたが、まだ墓石は残され、安蔵家が管理してくれていた。日ごろ、この墓には関わらなくていいと千代松が言っていたのに、なぜ訪れる気になったのだろうか。松じっちは、古びた墓石にゆっくりと香華を手向け、手を合わせてなにやら唱えていた。

墓参りを済ませた後、墓所近くにある安蔵の本家に立ち寄る。

「あん時はえれえお世話になりました。三四郎は離縁ということになり、あれから広島で三人どうにか暮らしているようです」

あの時血相変えて輝男の家に集まっていた安蔵家の男衆が大きな仏壇の前に揃っていた。安蔵家の血筋のものはすぐにそれと分かる。皆、眉尻がつむじのようになり跳ね上がっているのだ。千代松も輝男も、片方の眉が微かにその兆候を示していた。あまりに揃いも揃って、ピンピン跳ね上がっているので、悠は笑いをこらえるのに必死だった。こんなところに血のつながりが現れるのだ。

芋をはじめ、取れたての野菜をどっさりお土産にして荷台に載せてくれた。

安蔵家を後に、松じっちが今回どうしても行きたかった場所へと向かう。そこは、千代松の母様《かか》、波麻の実家である藤崎家だった。訪れた藤崎の家は、郷士の身分だったという旧家のたたずまいを残すどっしりとした家構えであった。家人は留守だった。いたとしても、既に代が替わり、波麻女のことを覚えている人はいなかったであろう。

「ここが、かか様の家だ。このでっけえ椿の木が目印だよ」

車から降り、庭先に杖を突きながら立ち、椿の木を見上げて、そう言うと、しばらく無言で立ち尽くしていた。


年が改まり、二月に入ってすぐに、千代松は、新築された松屋の離れで倒れた。輝男が仕事を休んで泊り込みで付き添った。意識はなかったが、並外れた心臓が、しっかりと鼓動していた。無意識であろうが、頻《しき》りに枕辺の小ダンスを探る仕草をする。なにか重要なものでもあるのかと探ってみたが、そんなものは何一つ入ってはいなかった。こんな時でも、思わせぶりなことをすると、輝男は苦笑いする。何度か三途の川を渡りそうになったことがあると思わせることもあった。一度、はっきりと
「そんなに引っ張らねえでも、追っつけ行くよ」

と声を出した。

「松じっち、親父さん。まだ行っちゃならねえよ」

と耳元で叫ぶと、千代松は大きなあくびをした。輝男の呼びかけに、川を渡らず元に

戻ったようだった。

付き添って十日余り、意識は戻ることなく呼吸が浅く荒くなった。かかりつけの医者が呼ばれて千代松の脈を取る。駆けつけた、秀と七重の見守る中、呼吸が次第に弱くなり、大きく一つ息を吐いた。呼吸が止まった。まだ心臓は微かながら動いている。

「おじいちゃんは、稀に見る心臓の強さですねえ」

と医者が言う。呼吸が止まってもしばらく心臓は動いていた。次第に心音が間遠になり、やがて停止した。

「ご臨終です」

医者が厳《おごそ》かに告げた。

「松じっち、よく頑張ったね。大往生だよ」

握りしめていた、まだ温みが残る手を、秀と七重で組み、胸に置いた。

輝男たちに看取られ、昭和三十二年二月十三日、千代松、八十七歳で永眠。

葬儀は松屋旅館の二階大広間で盛大に執り行われた。このことからも、松じっちが、あっという間に松屋に帰ってしまったのは、田之倉千代松というだけでなく、松屋旅館の松じっちとしていたかったのだと思われた。それと分かるような、大きな葬送の形になっていた。輝男だけの力ではこうした葬儀は出せなかっただろう。

悠にとっては、初めての身内の死であった。

棺に納められた松じっちは、これが仏様のお顔なんだろうな、と思わせるような、穏やかな顔だった。秀が父親の顔をなでながら語りかけた。

「松じっち、松じっち。あんたは本当に幸せ者んだねえ。やりたいこと、したい放題、私たちはいろいろそれで苦労もしたけど、誰もそんなあんたを恨む人なんかいない。こうして大勢の人に見送られて。いい人生だったよねえ……」

棺に釘が打たれて松じっちは見えなくなった。

火葬場で最後のお別れをした後、庭に出た。冬空の凜とした空気の中、煙突から、まっすぐに昇る白っぽい煙が、高いところで風に流されたのか、横にゆらゆらとなびいた。

「あっ、松じっちがさよなら言ってる」

風に乗って、今度は何処に行くのだろう。松じっちのことだ。まっすぐ天国に行き着けるだろうか……。あっち行き、こっち行きするんだろうな。

骨揚げ、二人組になって箸渡しする。誰もが感心するほど、松じっちの骨の太さは、千代松の人生を表すかのようだ。のど仏もしっかりその姿をとどめていた。


半年余りの松じっちと一緒の暮らしは、じっちのぬくもりのある存在を実感した、貴重な時間だった。

余り大きくはないが仏壇が供えられ、遺影は、あの、和菓子宣伝チラシ用に撮影された、ゆったりと穏やかに笑みを浮かべた写真で、仏壇脇に飾られている。朝ごはん前に、線香をあげ、手を合わせて拝むのが、悠の日課に加わった。

松じっちが亡くなってから、悠は、困ることがあると「おじいちゃん、助けて下さい」と心に念じる。すると、どこからともなく風のにおいがして、松じっちが、近くに寄り添う気配を感じる。そう、松じっちは、いつも風に乗ってやってくる。

了

風に乗って　関係図

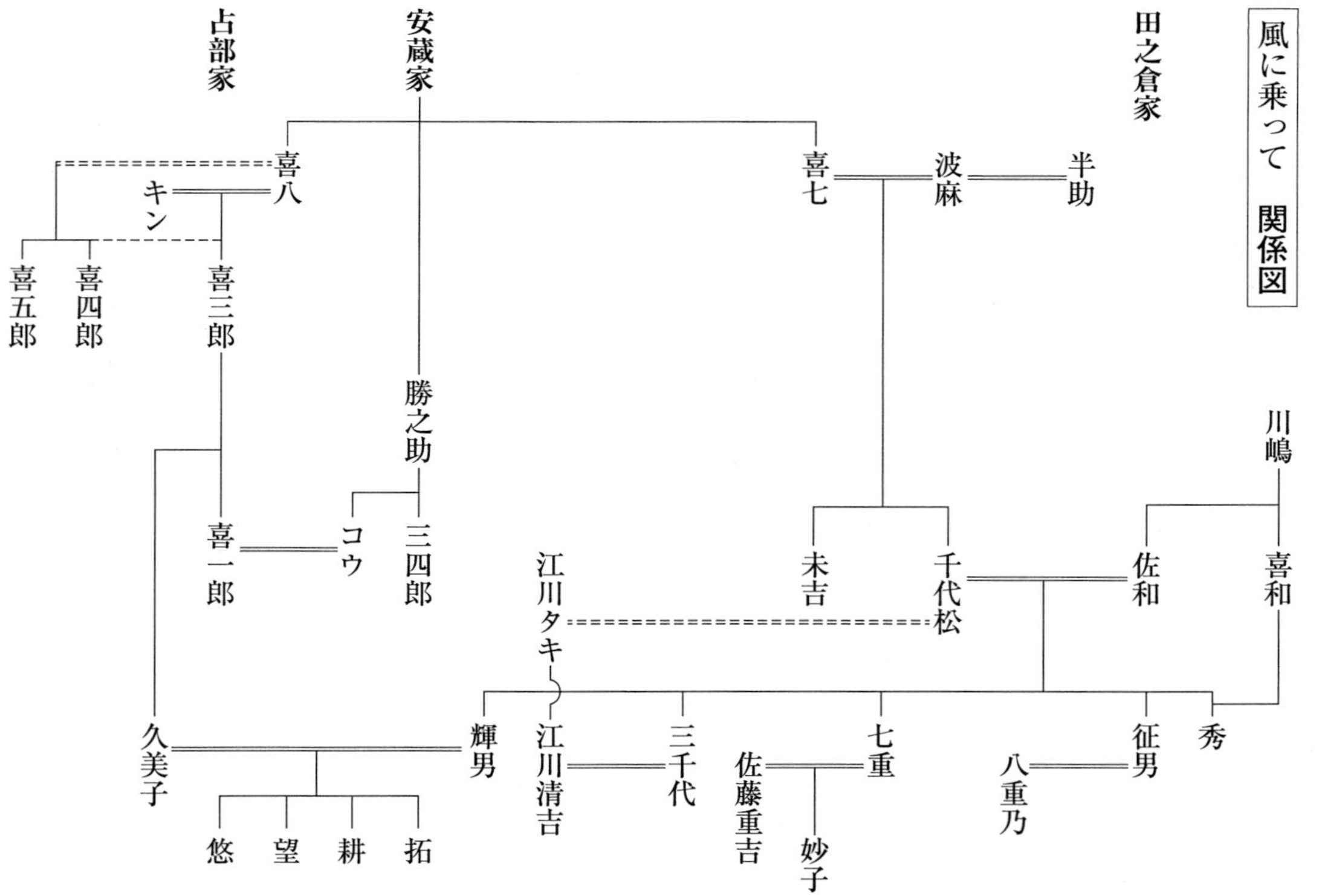
占部家
安蔵家
田之倉家
喜八
キン
喜三郎
喜四郎
喜五郎
喜一郎
勝之助
コウ
三四郎
喜七
波麻
半助
末吉
千代松
江川タキ
川嶋
佐和
喜和
久美子
輝男
悠
望
耕
拓
江川清吉
三千代
七重
佐藤重吉
妙子
征男
八重乃
秀